SHORT CLASSICS
短经典精选

THE COUNTRY FUNERAL

John McGahern

我的爱情，我的伞

〔爱尔兰〕约翰·麦加恩 著
〔爱尔兰〕科尔姆·托宾 编　张芸 译

人民文学出版社
PEOPLE'S LITERATURE PUBLISHING HOUSE

著作权合同登记号　图字 01-2023-4037

John McGahern
THE COUNTRY FUNERAL

Copyright © 2018 by John McGahern
This edition arranged with A.M. Heath & Co.Ltd.
through Andrew Nurnberg Associates International Limited.
Introduction Copyright © 2018 by Colm Tóibín
All rights reserved.

图书在版编目(CIP)数据

我的爱情，我的伞/(爱尔兰)约翰·麦加恩著；
(爱尔兰)科尔姆·托宾编；张芸译.—北京：人民文
学出版社,2024
(短经典精选)
ISBN 978-7-02-018334-0

Ⅰ.①我⋯　Ⅱ.①约⋯②科⋯③张⋯　Ⅲ.①短篇小
说-小说集-爱尔兰-现代　Ⅳ.①I562.45

中国国家版本馆 CIP 数据核字(2023)第 209279 号

总 策 划　黄育海
责任编辑　朱卫净　欧雪勤
封面设计　好谢翔

出版发行　人民文学出版社
社　　址　北京市朝内大街 166 号
邮政编码　100705

印　　制　凸版艺彩(东莞)印刷有限公司
经　　销　全国新华书店等

开　　本　889 毫米×1194 毫米　1/32
印　　张　7.125
字　　数　145 千字
版　　次　2018 年 3 月北京第 1 版
印　　次　2024 年 1 月第 1 次印刷

书　　号　978-7-02-018334-0
定　　价　59.00 元

如有印装质量问题，请与本社图书销售中心调换。电话：010-65233595

SHORT CLASSICS
短经典精选

目录

001	导读/科尔姆·托宾
001	朝鲜
008	我的爱情，我的伞
022	金表
042	一首歌谣
056	老派
086	塞拉利昂
107	威廉·柯克伍德的皈依
132	法定假日
154	乳品厂经理
164	乡下的葬礼

导　读

科尔姆·托宾

　　一九七九年，我所在职的杂志社收到约翰·麦加恩的长篇小说《色情作家》的新书样本。二十出头、从事写作和新闻工作的我们，不少人在短时间内读了这本书，它令我们大为惊叹。故事设置在一个我们熟识的都柏林，但那无尽的黑暗，那对性和死亡的沉郁、戏剧化的表现，使这本书可能同样出自一位法国存在主义小说家之手。此外，从作者玩弄叙事的角度讲，那也可能是一位现代反传统小说作家的作品。可其实，那植根于约翰·麦加恩在先前三部长篇小说和两本短篇小说集中业已建立起的一个世界——那个爱尔兰二十世纪下半叶黑暗痛苦、萧瑟禁锢的世界。

　　六年后，约翰·麦加恩的第三本短篇小说集《高地》问世。这些短篇新作比他先前的作品少了些忧郁、晦暗的色彩，以一种崭新的流畅文体和技巧而写成。从其中几篇可以明显看出，他一直在细心观察二十世纪八十年代的爱尔兰；在其他篇目中，他回到自己的过去，那充满警惕和内省的场景。在出版之际，我去了爱尔兰西部的戈尔韦，目睹他对着一群听众讲话。我惊讶于他的诙谐幽默，他外向开朗的举止，他驾驭舞台的本领，以及他显然乐于收到听众反应的高昂兴致。我原本想象他是一个害羞的、沉默寡言的人。

他住在利特里姆郡一处偏远的寓所，可以远眺爱尔兰内陆的一座湖，去他家采访他时，我发现他既有非常深沉的一面，又坦直无遗。我还看出他逗趣极了。他十分喜欢讨论他周围圈子里那些人的怪癖和奇特的虚荣心，以及更广阔的世界。他喜欢讲故事。转而当他谈起他正在阅读的书或正在创作的作品时，他判若两人，变得近乎严厉而又肃然。每次谈到书，他总是激情澎湃，满腔热忱。我惊讶于他对十九世纪法国小说传统的钻研之深。

但最令我难忘的，是湖畔那栋寓所给人的宾至如归感，他和他的太太马德琳对此投入的莫大心力。在此后的二十年中，我将发现，他们俩有多么注重良好的修养和礼数，他笔下那份圆通、周到、儒雅的特质，亦正多么深刻地烙印在他的个性和他与人打交道的方式里。

在那次采访中，他告诉我，他视新书中一篇故事《法定假日》的完成，为某种突破，那篇故事易稿了五十次之多。

他开始更频繁地来都柏林。我记得一九八九年夏的一个傍晚，我在街上碰巧遇见他，和他去了市中心的一家饭店。也许因为他交往的外人如此之少，所以像在那样的夜晚，他是个一级棒的朋友。他笑个不停，浑身散发魅力，妙语连珠。有他做伴，犹如得到上天的馈赠，密集的火花四射，令人倾倒。

他轻快而饶有趣味地谈起他在法国文坛的卓著声望。他，或可说幸运，是萨缪尔·贝克特把他引荐给法国出版商，因此，最初他的译者是一位法语诗人，对他行文节奏的领悟，不亚于领会他对爱尔兰在性和社会压抑上的种种谜团的洞识。二十世纪九十年代，在法国举行的爱尔兰作家的众多研讨会中——他总是会上那个茫然、踟躅的明星——有一回，当就我们全体需要把政治纳入写作而展开热烈讨论时，他做了唯一一次发言，真是振聋发聩。"作家的职责是关照他写的句子，"他说，"别无其他。"

恰是这一点，使他在人生最后二十年成为爱尔兰的风云人物。早年他曾深受审查制度的迫害——一九六五年，他的第二本长篇小说《黑夜》因一点温和的性描写而被审查委员会查禁，他也因此失去了教师的工作——但他没有同教会或政府论争，没有愤懑不平或尖声抗议，他致力于锤炼他的文体。一次，我在选编一本文集时，他交给我一篇论天主教会的文章。文中，他超脱过去的纠纷，表达了对祈祷、宗教仪式及彩绘玻璃的激赏。从他与自己内心的争论中，他创作出小说；其他的争论，他把那变成玩笑。不过通常，他安静不语。

他讨厌虚荣自大、可笑的自作聪明、招摇的政党和连续不断的出国行程。他本人，从一九七三年至二〇〇六年去世（中间仅除了几次去纽约州北部短期教书和若干趟巴黎之行外），住在利特里姆郡那间可以俯瞰湖泊的小屋里，苦心孤诣于文字的节律与和声；业余时间，他则打理他的小农场。他明白，他的叙事范围有限而狭窄，但他简直为此感到自豪。他从某种角度也明白，假如他能足够放慢速度，足够努力地加工，他可以创造出看似简单、实则深具迷惑性的行文，并把一切表述出来。他，在他谦逊的作风下，是一位雄心勃勃的作家。

一次，我告诉他，我将去爱丁堡，他面露喜色，像他想到某件对他意义重大的事物时常有的那样，表情异常柔和而清澈。通常，那是一本书，或一行诗，但这回是一幅画。在爱丁堡有一幅他特别喜欢的画，他说收藏在苏格兰的国家美术馆里，是委拉斯开兹画的煎鸡蛋的老妪，绘于一六一八年。

当我前去观看这幅画时，我意识到，委拉斯开兹早期职业生涯的作品，对麦加恩的意义非凡。我认为，远不像维米尔那些场景过于沉稳、饱满的画作，委拉斯开兹的这些画作，完成于画家年轻时在塞维利亚期间，里面的人物仿佛是黑暗中射出的光跃然画布上，彼此间关系局促，与麦加恩的小说近似。

他笔下的人物时常禁锢在孤独中，但就在这份孤独迈向暴力、爱、悲痛或亲昵之际，他建立起他虚构的小说天地。他的作品大多不是发生在人物的内心和回忆里，而是在他所创造的角色之间的关系中，这些角色，很多忠实地以他认识的人为原型，或甚至是他本人。

通过这本选集中的短篇小说，读者可以感受到约翰·麦加恩的小说关怀。这些短篇主要以爱尔兰内陆、香农河畔库浩特村周边的地区，或都柏林为背景。在以都柏林为背景的短篇里，故事地点常常是某间酒吧和市中心的公寓。里面的人物主要为公务员、教师、护士和警察。这一活动范围的局限，使麦加恩得以在每篇故事的戏剧性上建立起一种紧凑的张力。在对事物灵敏的察觉和注意中，衬托出阴郁、无力、警惕之感。这些小说所包含的准确和精密，逼真地再现了人物的喜怒哀乐，通往的却是一幅暗淡、残酷的前景。

在诸如《我的爱情，我的伞》《金表》《塞拉利昂》和《法定假日》的故事里，城市中的男主人公，原本来自农村，他孤身在都柏林，寻求爱情或理想的实现。在短篇《朝鲜》《金表》和《老派》里，父与子之间进行着一场针锋相对、几近原则性的斗争，这场斗争，在麦加恩的长篇小说《黑夜》和《在女人中间》里刻画得益发激烈。

在这些短篇小说中，人生给人的感觉均好像一组仪式，不可阻挡地走向凋零和毁灭；人物惯常的行为表现为一种缓冲，分散了岁月对他们人生造成的必然影响。故事的基调往往忧伤、诗意。在如显微镜下观察到的细节中间，穿插着对人终有一死和我们在世间的命运的看法，它通常似歌曲的副歌般出现。在绝大多数的这些短篇中，仅有一处段落，将叙述进一步深入内心，跳出当务之急的世俗关怀，转向思考更宏大的问题。

例如，在《我的爱情，我的伞》里，主人公思考爱情和失去，然后，那故事仿佛是一曲四重奏弦乐，麦加恩让大提琴来了一段低沉的独奏："一点一点地，我的人生已落入她的手掌之中，唯有在失去时我才醒悟过来。没有她的人生，失去自己生命的痛楚，无法像死人一样浑然不觉……"

在《塞拉利昂》里，男主人公望着他心爱的人："她的头发在灯光下闪出藏青色。她的肌肤红润如成熟的果实。雪白的牙齿在她微笑时熠熠发光。"在麦加恩笔下，这类评语仅是提醒我们，这样的花期会消逝。他继而写道："我们曾向着最美好的岁月努力奋斗；如今那等待着我们，在我们即将走入那岁月时，一切将化为乌有。"

在《乡下的葬礼》里，菲利想起他刚过世的舅舅："明天，彼得将被葬在基里兰山顶的土里。一个人出生、死去。如今他本人又站在那两点间的哪个位置，不得而知。……他的人生想必早已走过了一半。"在后面的故事中，有一句格外触目惊心的话，估计会受到萨缪尔·贝克特的赏识："人生一世的终点多么幽暗。"

在别的短篇里，进行着一场介于传统乡村生活和某种现代性之间的更世俗化的斗争。例如，在《朝鲜》里，那对父子是"最后靠这片淡水水域捕鱼为生的人"。在《老派》里，天主教会的势力正逐渐衰落，而在爱尔兰南部，昔日新教徒的优势地位，在那篇故事和《威廉·柯克伍德的皈依》中，业已式微。

麦加恩的短篇里充斥着各种名字和暗处的黑影。比如，酒吧的名字，不时地出现在那些故事里，如同乔伊斯的《都柏林人》和《尤利西斯》一样，里面处处是酒吧和街道的名字。麦加恩提到的那些酒吧，二十世纪七十年代初我到都柏林时都在——苏格兰酒坊、穆尼酒吧、欧尼尔斯酒吧、英特耐雄纳尔、老台子、锦绣区的加夫尼酒吧、斯通尼拜特区的马利根酒吧，还有点名的旅馆——温氏酒店、谢尔本酒店、克拉伦斯酒店、威克洛酒店（事实上，其中很多至今仍在营业）。有些人物的名字反复出现，像是继母罗兹，亦出现在后来的长篇《在女人中间》里；又如莫兰一姓，不仅有好些人物取了这个姓，那也是日后《在女人中间》里主人公一家的姓氏。

不过，这些名字的用意仅是为故事奠下基点。实质的人物一再遁入暗处，变成影子般的存在。在《金表》里，那位父亲，当儿子前去探望时,"退回到走廊的暗处"。在《乡下的葬礼》里,那位母亲始终活在暗处,足不出户。在那篇故事的第二页,菲利未能看到"那个可怜的事实,我们投下的通常不是光而是影子"。在这些短篇里,爱总是一个黑影,以失去和渴望的面目而显露,有时还以纯粹的恨意。有意思的是,麦加恩花了如此之久而写成的短篇《法定假日》,大概是小说集中唯一一篇把爱呈现为一种真正有望带来幸福可能的故事。

麦加恩将对前景彻底悲观的展望与观察社会的敏锐触角相结合。选集中最后一篇《乡下的葬礼》,堪称自詹姆斯·乔伊斯的《死者》之后,爱尔兰最杰出的短篇小说。它在一定程度上,具有和乔伊斯那篇故事同样的广度,同样把仪式视为徒劳无益,而且同样采用一个人物关系紧密相连的小天地,某种奇特的幽魂出没其中。在这样的一个短篇里,言语变成仅是一种苍白的、掩盖时间黯然流逝的方式。

在《乡下的葬礼》中,麦加恩重塑他本人生活的地区,香农河北岸,从那儿沼泽地里流出的涓涓细流,汇成乔伊斯在《死者》中所提及的,"香农河黑沉沉的奔腾澎湃的浪潮"。他既生动描绘了这片山水的素朴之美,也再现了那儿的贫穷和与世隔绝,以及一个消亡中的村落群体和一套古老、传统的风俗体系,一如他最后的长篇之作《愿他们或可面对升起的太阳》。

与迈克尔·费瑞的鬼魂居于乔伊斯整篇故事的中心一样,在《乡下的葬礼》里,居于中心的是舅舅彼得的遗体,他的遗体,按照爱尔兰为死者守夜的传统习俗,摆放在他家小屋一个房间的床上，而在另一个房间，邻居们吃喝聊天，亦是习俗的一部分。"楼上的房间阒寂无声，人们在那儿守灵，遗体静静地躺着，敬畏于这最后的转变；而在楼下的房间，生命重新被唤起，比以往实际度过的漫长日月都更有声有色。"

在故事的跌宕起伏中，麦加恩把自古以来确立的东西与从都柏林前来参加舅舅葬礼的三兄弟间意气风发的心愿和情绪的转变，进行对比。他给这三兄弟注入巨大的能量，他们之间的冲突显得事关重大。但故事的暗流是土地本身，是那松软、饱含水分的土壤，是尚未改变也绝不会改变的东西。与这相似的正是死亡这一事实，他们的舅舅走完了一生，这趟旅程的终点是墓地。小说的行文给人一种不加雕饰的隽永感，却亦有足够的韧性，能把生者日常所关切的事，提升至一种静态，一个适中而又得之不易的高度，那始终居于这则经典短篇的核心，而它的作者，是公认的二十世纪下半叶爱尔兰最杰出的小说家。

朝　鲜

"当时你也见过处决,是不是?"我问父亲,他一边划船一边讲了起来。一九一九年末他在一次伏击中被俘,那时他们为了报复,正在蒙乔伊枪毙狱犯。他以为下一个轮到的将是他,因为几天后,他们把他挪到与监狱天井相邻的牢房。他能透过铁窗看见外面。那晚门上没有传来让他做好准备的叩击声,拂晓时,他看见两名他们决定枪毙的狱犯被押着走了出来:一个是三十出头的男子,另一个,还只是个男孩,十六七岁,正在嘤嘤哭泣。他们蒙上男孩的眼睛,但那名男子拒用眼罩。军官大吼了一声,男孩啪地立正,可那名男子却仍保持原来的姿势,嘴里正非常缓慢地嚼着什么。他的双手插在口袋里。

"把你的手从口袋里拿出来。"那名军官又大吼道。

男子缓缓地摇头。

"事到如今那样做有点太晚了。"他说。

军官接着命令他们开火,在齐射的枪声中,男孩撕开胸口的外衣,仿佛要把子弹拔出来似的,外衣的纽扣开始飞迸到空中,随后他脸向前扑倒在地。

另一个悄然地仰天倾侧:想必是双手插在口袋里的缘故。

男孩脸朝下躺着,军官用左轮手枪一枪解决了他,但对那名男子,他接连快速地开了五枪,仿佛在回报他没有立正的举动。

"几年后,我在度蜜月时,那是五月,我们从萨顿十字区乘缆车上霍斯山。"我的父亲一边说一边支起桨休息,"我们坐在上层敞篷的木头座位上,四周有栏杆,使得缆车好像一艘小船。大海在身下,到处是海的味道和盛开的荆豆花,后来我向下俯视,看见荆豆花的豆荚绽裂,那些豆荚向四面八方绽开的样子,宛如他动手撕裂外衣时的纽扣,令人骇然。我一整日都无法忘怀那幅画面。那一天就这么毁了。"

"奇怪,他们的手没有被绑起来吗?"我问他,他划着船,从黑色和红色的导航指示牌之间驶过,河在那儿流入奥克珀特湖。

"我想那是因为他们被视为士兵。"

"你认为,那个男孩立正是不是因为他觉得假如他遵守规则的话也许可以免受惩罚?"

"在我听来有点夸大其词。书念得太多才会这样说。"他不客气地说,我不响。毕竟听他谈论自己的人生对我而言是件新鲜事。以前,倘若我问起他那场战争,他会用手指抹过眼睛,仿佛在拂去一片蛛网似的,但这是我和他在河上度过的最后一个夏天,那似乎让他有了启齿的欲望,想要在一切结束前袒露自己的心声。

我双手交替着一节节拉起钓线,线因有鱼上钩而阵阵抽动;钓线长两英里,每隔三码有一条铅线,上面系着一个钓钩。照捕捞许可证,我们可以下一千个钓钩,但我们实际用的更多。我们是最后靠这片淡水水域捕鱼为生的人。

在鳗鱼翻过舷侧掉入船内之际,我用刀子把它们割落下来,丢进铁丝笼,它们自身裹着油脂,在里面互相贴着滑动,嘴里含着弯折的鳗鱼钓钩。其他鱼——上钩的鲈鱼连同试图吞食它们却被卡住的狗鱼、欧鳊属淡水鱼、拟鲤——我将它们顺着船底板滑向船首。我们会在村里售卖这些鱼,或送人。没被鱼咬上的钓钩,我清洗干净,环绕木匣的边缘一排排插好。我让钓线落在匣子中央。经过一英里后,他换到船尾我的位置,由我划船。人们尚未起床,清晨的寒意和薄雾弥漫在河上。除了船桨划出的徐缓涟漪和缀着滴滴水珠的钓线拉进来时线上鱼儿的剧烈扭动,河面的其他地方死寂无声,只有岸上偶尔哞哞的牛叫。

"过完这个夏天,你想好要干什么了吗?"他问。

"没有。我会等着看出来的结果是什么。"我答道。

"什么叫出来的结果是什么?"

"我的考试成绩。如果成绩好,我可以有选择。如果不好,就没有选择。只能有什么干什么。"

"你觉得那些选择会有多好?"

"我觉得都不错,但八字还没一撇,现在考虑也没用,是吧?"

"嗯。"他说,可他的脸上带有几分算计;这让我在划过最后一段钓线时对他心生警惕。

这一天的帷幕拉开了,远处农场的喧闹,河上的第一拨飞虫,到这时,我们已从宽叶香蒲丛里拉起大铁丝笼,倒出早晨捕到的鳗鱼,把笼子再次沉下去。

"明天我们可以够数拿去寄售了。"他说。

每个星期,我们都把活鳗鱼送去伦敦的比林斯盖特海鲜市场。

"可假如,假如说即使你考得不错,你难道没有想过索性离开这个国家,去美国吗?"他说,同时结结巴巴地思索着措辞,在我沉下捕鳗鱼的笼子、正用船桨当撑篙把船推出宽叶香蒲丛之际,淤泥泛出土黄色,升起在茎秆间。

"干吗去美国?"

"噢,那儿遍地是机会,不是吗?一个广阔的、不断拓展的国家。在这个弹丸之地没有前途。有的只是成天花钱喝黑啤酒的前途。"

我提防起这番大话。那并非出自他本人之口。

"谁来支付路费呢?"

"那个我们有办法。我们勉强总能凑出来。"

"你为什么要凑钱让我去美国呢,假如我可以在这儿找到工作?"

"我觉得我该给你一个我从未有过的机会。我为这个国家打过仗。可现在,他们连捕鱼许可证也要夺去。你愿意好歹考虑一下吗?"

"我会考虑的。"我答道。

那一整天,他在土豆地里平整垄脊,我则更换钓线上的钓钩和挖虫,既为是最后一次这么做而感伤,又因明知不久将不用做这些事,这些东西几乎现在就可丢弃而觉得无聊。离开的内疚涌上心头:我正在抛却他的生活去迎接我自己的生活,一个摇船的男人将逐步耗尽日益减少的捕鱼利润,甚至连他能否换到新的捕捞证都仍是个未知数。旅游局驳回了上一次的申请。他们说我们损害了游客垂钓淡水鱼这项活动的收益——每年夏天,来自利物浦和伯明翰的游客日渐增多,他们坐在河堤上铝制的折叠椅里,用鱼竿钓鱼。若不捕鱼,靠我们现有的田地几乎难以为生。

当我绕道去黑魆魆的厕所准备把蠕虫放到我们存放它们的黏土中时,我看见他探身隔着围墙在同牛贩子法雷尔聊天。法雷尔站在路上,靠着他自行车的横杆。我转入厕所,以为他们在讨论牛的价格,可正当我把蠕虫倒进盒子里时,"莫兰"一词传来,我小心翼翼地打开门谛听。是我父亲的声音。他情绪激动。

"我知道。我听说了确切的总数。卢克死时他们拿到了一万美元。每个美国士兵都有人寿保险,保额高达一万美元。"

"我听说在迈克尔和萨姆服役期间,他们每人能使他们家一个月收到二百五十美元。"他继续说道。

"他们现在左也买牛右也买牛。"法雷尔的声音传来,我关上门,站在黑暗中,闻着大便和尿液的味道,还有爬行在一丁点黏土里的蠕虫热乎乎的肉味。

我所受到的冲击,和我日后当众出丑、自尊扫地、需要爬到厕所里反思时受到的冲击一样。

卢克·莫兰的遗体装在铅制的棺材里从朝鲜运来,伴着徐缓的葬礼钟声翻过石桥,后面跟着使馆的大轿车,灵柩上披覆着星条旗。在他们撒入泥土前,坟上响起致礼的枪声。几张印着他勋章的照片,由一位武官呈送给他的家人。

他将筹措路费,我将在那儿应征入伍,在我服役期间每个月他将收到那么多钱,假如我死了,他能拿到一万美元。

在暗黑的厕所里,夹在里面爬着蠕虫的盒子之间,在我们布下夜晚捕鳗鱼的钓线以前,我明白我的青春结束了。

我划船,他放出夜晚的钓线,他的手指给每个曲钩装饵的动作如此优美,似一气呵成。夜幕正从奥克珀特庄园的黑影向纳特利船库拉拢,蝙蝠在头顶做出丑陋的回旋,鸭子收拢了翅膀,蜿蜒地游入湖湾。

"你考虑过我说的去美国的事了吗?"他问,眼睛没有从钓钩和蠕虫盒上抬起来。

"考虑过了。"

船桨往水里一沉,没有溅起水花,那个空穴静静地漾开,掠过他的身旁。

"那么,有没有决定要去闯一闯?"

"不,我不打算去。"

"等你在这个白痴国家一事无成时可别说是我没有给你机会唷。你要自己承担后果。"

"我会自己承担后果。"我应道,并在沉默了良久后问,"你年纪越来越大,有没有时常想起自己在战时和狱中度过的时光?"

"有的。但我不想谈那些。谈起处决,我的心永无安宁,那些该死的爆开到空中的纽扣,我想得最多的是,假如我曾为自己奋斗,让这个白痴国家自生自灭,那么今天我的生活会好很多。我不想谈那个。"

我知道这一沉默定格成了永远,我默默地划船,直至他开口问道:"你认为,今晚会有大收获吗?"

"太风平浪静了。"我回答。

"除非夜里起风。"他焦虑地说。

"除非夜里有风。"我重复道。

船驶过平静的水面,钓线穿过他的指间从舷侧滑落,以前我从未感觉和他如此亲近,即使在他用肩膀驮着我凌驾于欢笑的人群之上去看乌尔斯特杯决赛时也没有。我密切注视他的每一个动作,仿佛我亦不得不让自己做好杀人的准备。

我的爱情，我的伞

因为雨，因为这座城市连续不断的风雨，我的爱情和雨伞变得密不可分，一把黑伞，伞柄上包了人造皮革，接缝处有白色的针脚，金属尖头在我们奔向阿贝街外的停车场赶末班车时被穆尼酒吧的铁栅卡住而弯折了。我们邂逅时乐队正在演奏，布兰察斯镇笛鼓乐队。他们在巴勒码头的公共厕所后面演奏，"有一天他会出现／我爱的男人／他将长得又高又壮／我爱的男人"，对着苏格兰酒坊门前人行道上的几个人。那是一个星期日的下午。

"奇怪，那支乐队。"我说。她的脸往旁边一闪，以相同的动作回首，转头看说话的人是谁。她的肌肤在乌黑秀发的映衬下，焕发着健康青春的光彩，而臀部骨骼的紧实预示那是一块丰沃的苗床。

"是奇怪。"她应和道，我顿时对她的身体燃起了渴望。

指挥站在一个木箱子上，不时地中断他的指挥，与身旁一名矮小而又头发花白的男子争执不休，但无论他是急促地挥舞指挥棒，还是弯腰同人争执，对演奏者而言似乎并无区别。他们翻着乐谱。音乐低沉而缓慢地流淌出来，"有一天他会出现／我爱的男人／他将长得又高又壮／我爱的男人"。在每个间歇，他们都朝钟望去，河对面穆尼酒吧的那口钟。

"他们在看那口钟。"我说。

"为什么?"她又转过脸去。

"他们将只演奏到开门为止。"

我也焦急地望着那口钟。我怕乐队一停她就会走。苏格兰酒坊里面的灯亮了。音乐赶了起来。一个穿白围裙的酒保,一串钥匙的叮当声混入加快节奏的音乐中,酒保开始给折叠式百叶窗解锁,然后轰然一声拉开。乐曲终了时,指挥示意乐队他们可以把乐器收起来了,并从自己踩的箱子上下来,一边用指挥棒轻敲那名矮小而又头发花白的男子的肩膀,一边开始认真地投入辩论。乐队穿过马路,朝苏格兰酒坊内亮起的球形灯走去,那儿已经有很多他们的观众,不耐烦地等着一杯杯缓缓汲出的啤酒。那名矮小而又头发花白的男子抱着指挥的箱子,他们一同走了进去。

"被我们说中了。"

"嗯。"

一辆辆小型家用轿车从桥上经过,他们结束了星期日旨在享受冷火腿肉、西红柿和生菜的郊游,正谨慎地行驶在返家的途中。风从河口吹来,鸥鸟在尖声啼叫,底下是低潮时散发的恶臭,我强行把无意义的蠢话变成一句邀约。

"你愿意同我去喝一杯吗?"

"为什么?"当她直视我时她的脸红了。

"为什么不呢?"

"我说了我会回去喝下午茶。"

"我们可以吃点三明治。"

"可你为什么想要约我呢?"

"如果你来我会非常高兴。你愿意来吗?"

"好吧,我愿意,可我不知道为什么。"

我们就是这样开始的,一边是从河口吹来的风,一边是布兰察斯镇笛鼓乐队在苏格兰酒坊里灌下了他们的第一杯消渴之物。

周末过后的穆尼酒吧什么也没有,只剩牛肉,我们喝了浓烈黑啤酒配三明治。未几,在浓烈黑啤酒带来的困意中,我们几乎什么也没做,只顾盯着别人喝酒。我指给她看一位诗人。我凭报纸上的照片认出他来。他的衬衣领口敞开,外面是一件华达呢外套,他戴了一顶帽子,帽檐上插着一根小羽毛。她问我喜不喜欢诗歌。

"年轻时喜欢,"我说,"你呢?"

"不是很喜欢。"

她问我是否能听见那位诗人在和同桌的四个人讲什么,那四个人不断地为他斟上威士忌。我没听见。此时我们俩都侧耳倾听。他正在说他喜爱红皮土豆的花胜过玫瑰,一个人只能爱他熟悉的事物,那是爱的特质,是至关重要而非次要的方面。全桌人说他们要为此干杯,可他怒瞪着他们,仿佛受到了轻慢,而仿佛为躲避那怒视的目光,他们吃喝着点了一巡双份威士忌。当酒从吧台端来时,诗人转向一侧,从口袋里掏出一个小盒。盒盖的内面覆着一层白粉末,他快速地把那些粉末舔干净。她认为那是小苏打。她在乡间的父亲服用小苏打来治胃病。我们又喝了些浓烈黑啤酒,我们注意到,每次新一巡的酒上来,诗人就从桌旁转开,舔去盒盖内面上新覆的那层苏打粉。

我们约会的第一晚便是这么度过的。走进酒吧的人身上滴着雨,我们一直待到他们在啤酒泵的把手上盖上毛巾、宣布"打烊"为止,寄望那时天会放晴,可实际没有。

我们走出酒吧时雨下得很急,街上像跳动着一个个玻璃杯状的东西,那让我想起圣坛前黄铜蜡烛许愿坛上安插小蜡烛的发黑的尖钉。

"这有没有让你联想起插蜡烛的尖钉?"我问。

"嗯,经你这么一说的确有。"

也许那雨,那雨会冲刷走我们试图找话说的困窘,我们的身体会逐渐拉近,近于我们的谈话。我正期待着她在公共汽车上把给我的回吻落在我的喉头时,我们下车了,雨水打在撑起的伞上,我们走过锦绣教堂。

"我能进去吗?"我问。

"那会惹出麻烦的。"

"你有你自己的房间吧?"

"这栋屋子的屋主看得很紧。他会找麻烦的。"

教堂后面是条死胡同,有老树的浓荫,街灯照不到尽头的围墙那么远,一堵果园的灰色围墙,上面爬着一些常春藤。

"那么,我们可以在这儿待一小会儿吗?"

我倾听着那份沉默,担心她会用下雨做托词,当她说"别待太久,时间晚了"时,我舒了一口气。

我们撑着伞走到街灯照不到的地方,摸索着在树根间寻找某个立足点。

"你可以举着雨伞吗?"

她的双手握在有白色针脚的人造皮革上。

我们的嘴唇借着我们口腔的唾液而移动,我缓缓解开那件外套的扣子。我努力克制颤抖,以免扯落她衬衫上的白色小纽扣。外套,衬衫,胸罩,好像马路上的地名。我窝起手包住那对温暖柔软的乳房。我倾身,探过她手握的人造皮革上方的冰冷金属,用牙齿轻柔地咬住那娇小的乳头,伞上有规律的雨点声不时地被树枝上洒下的水打断。

她会允许我吗?当我撩起那条羊毛裙时我提心吊胆;然后慢慢地,我把手沿着她大腿内侧柔软的肌肤往上移,没有我害怕且等待的"不要",倒是伞柄,在她紧紧压住我的嘴唇时,成了一个坚硬的阻碍。

当摸到她光滑的衬裤时,我再也克制不住颤抖。我把她的衬裤拉至膝盖,手指分开阴唇,触到那里的液体。她贴着我的嘴唇不放。当我的手指进得更深时,她抽搐了一下。她还是处女。

"疼。"那冰冷的金属碰到我的脸,此时雨水打在湿透的伞布上,声音益发沉闷。

"我不会弄疼你。"我说,然后一边在她的大腿间抽动,一边拉高外套和裙子,让精液畅快地落进泥土和雨里,在互相贴着嘴歇息过后,我把衣服复归原位。

撑着伞,拖着一只发麻的脚,我们沿花园的小铁栏杆朝她的住处走去,在门口,临别时我问她:"我们下次在哪儿见?"

我们将于八点靠在大都会酒店内的暖气片上见面。

我们靠在那些银色的暖气片上见面，每周三个晚上，持续了很久。我们去看电影或到酒吧小坐，这便是我们爱情的进程，由于总是下雨，我们以同样的方式在同样的树下撑着伞做爱。他们说性行为的重复延续是因为阴茎没有记忆，我的阴茎每晚把它的精液浇在泥土和腐烂的树叶里，仿佛那永远是第一次。

有时，我们互相讲故事。她讲的其中一个故事，我觉得非常残忍，可我没有告诉她。

她在一个小农场长大。隔壁农场的场主是个叫帕特·莫兰的人，自打他母亲死后就只身住在那儿。孩提时，她常去找一窝窝在他农场上乱生蛋的母鸡，他则不时地从市集上带巧克力或橙子给她。等她长大感知到自己身体的威力后，她开始挑逗他，直至有一晚，在穿过他的农田去水井打水的途中，他正在田里拿着砍刀修剪一排英国山楂树篱；她躺在绵软的草上，向他展示自己衣服下面的身体，暴露之多令他丢下砍刀，一把擒住了她。她奋力挣脱，一边跑一边高嚷："我要告诉我爸爸，你这头猪。"她害怕极了，根本不敢告诉她父亲，可那仿佛在她和帕特·莫兰之间筑起了一道墙。事后不久，帕特·莫兰卖掉了农场，去了英国，尽管除了当小农场主，他从未尝试过别的生活。

她越讲越兴奋，还问我对这个故事的看法。我说我觉得人生往往就是如此。她接着问我的人生中是否有什么趣事逸闻。我说有，但有一个我在晚报上读到的故事最吸引我，因为那与我们间接相关。

那是一篇关于一起诉讼的报道。在伦敦地铁线银行站的高峰时间，两个在金融区工作的商人排队时动了肝火，拿雨伞攻击对方。雨伞使他们身受重伤。摆在法官面前的问题是：这是一起普通的袭击案，还是严重许多的用危险武器蓄意伤人的袭击案？从造成的伤势程度看，这不是一个容易的判决，但最终他裁定为普通袭击案，因为他不想让成百上千正当使用雨伞的和平公民在上下班时感觉自己携带着危险的武器。他向两名男士处以罚款，命令他俩具结保证不再闹事，严正警告他们注意将来的行为举止，但他没有判处监禁，假如他把雨伞定为危险武器的话，他就非那么做不可了。

"你对这个故事有什么看法？"

"我觉得挺无聊的。我们回去吧。"她说，可其实离关门还有一个小时，我们一到街上便撑起雨伞。天照常在下雨。

"你为什么讲那个无聊的关于雨伞的故事？"她在公共汽车上问。

"你为什么讲那个农场主的故事？"

"两个不一样。"她说。

"是的。两个不一样。"我附和道。出于某些原因，她厌憎那个故事。

我们又在雨中做爱，她更加激烈，当精液喷出后，她说"等一等"，然后挪动，她手里撑的雨伞摇晃不定，她颤抖着发出含糊不清的愉悦的叫声。当我们走到街灯下时，我问，我们已经如此习惯了彼此，"你觉得我们是否应该结婚算了？""吻我。"她越过隔在我们之间的那杆钢柄。"你觉得我们应该吗？"我重复了一遍。"那对你有什么意义？"她问。

我有的是渴望，或者恐惧，而非什么意义。渴望在夏天星期五的傍晚和她一起坐火车去瑟勒斯镇，从车站走三英里路去她家。翌日早晨被牧羊犬朝上门来的邮递员的吠叫吵醒，在厨房里享用茶、黑面包和黄油，冰凉的褐色石板地，刚烤过面包的四溢香气。

或是：惧怕城郊克朗塔夫的统一住宅区，星期日早晨逃到游艇酒吧一边清静地看报一边喝啤酒，在海滨正午的阳光下晕眩地回家，吃星期日的烤肉大餐，带回一包谢罪的糖果。之后在酒足饭饱的瞌睡中被吵醒："你答应今天带我们出去玩的，爸爸。"直至你把分期付款购买的大众轿车倒出家门口，驶往霍斯山，雨刷在挡风玻璃上画出一轮轮半圆，透过里面凝聚的水雾凝视窗外的大海，安抚在后座争吵、哭叫的百无聊赖的孩子。

我决定不把这两幅画面讲给她听，她也许会觉得很可笑。

"假如我们要考虑结婚的话，我们必须存钱。"我听见她的话音。

"我们没有多少积蓄，对吧？"

"照我们上酒吧花钱的速度，我们还是举手投降算了。你为什么问起这个？"

"因为……"当时这不容易回答，我必须思考一下，"我喜欢和你在一起。"

"为什么？为什么？"她问，"你要讲那个愚蠢的关于雨伞的故事？"

"很巧，不是吗？我们没有一次做爱是不用雨伞的。那令我想起你。"

"一派胡言,"她生气地说,"大海,沙子,夜晚炎热的海滩,只需一层被单,那还比较说得通,可一把雨伞?"

时值夏日将近,是它带来的虚幻的自信毁了我。雨下得少了。在一个月朗的夜晚,我要求她撑着伞。

"干吗?"

她的态度很凶,我只好假装那是一个玩笑。

"像个傻子似的站着,在难得皎洁的月光下撑着伞,我看不出那有多少好笑的地方。"她说。

我们窘促地做了爱,雨伞倒在干燥的叶子上,可我恼火她不肯依从我的心愿。另有一晚,她问我:"你放假打算去哪里?"我撒谎说"不知道"。"如果没有足够的钱我就回家。你呢?"我问。她没有回答。我看得出她怨恨我没有费心把她考虑在假期内。太阳、沙滩、大海,我恶毒地想着,决意摆脱她。夏天来临,世界充满了各种可能。我没有领她到教堂后面的树下,而是轻轻吻了她然后告别:"晚安。"我没有像往常那样约她在暖气片旁见面,而是说:"这周里我会打电话给你。"她愤怒而憎恨的表情令我感到得意。"你想打就打吧。"她一边说,一边气冲冲地关上门。

我像个小丑似的得意扬扬,兴奋地把雨伞高抛到空中,大声笑着接住落下的伞。起初几日,自由之身的感觉令人欢欣;可那种感觉很快失去了吸引力。在空荡荡的房间里试图看书,当火车在有两棵苹果树和一棵梨树的果园尽头驶过时,我开始意识到我比自己先前所知的陷得更深,我习惯了有她的生活。为了不想总要见到那把雨伞,我把它藏到衣橱后面,可它似乎比之前放在那儿更让人感觉到它的存在；不时地，对她双唇、她身体的渴望渐增，近乎病态，最终把我拖到了电话旁。

"过了这么久，我没料想会接到你的电话。"她说。

"我病了。"

她不作声，一种不祥的沉默，仿佛知道那其实是个谎言。

"我想说我们能见个面吗？"

"随你，"她回答，"什么时候？"

"今晚怎么样？"

"不行，但明晚可以。"

"那么就八点，在暖气片旁？"

"听着，换到温氏酒店。"

心中的幻想，在距离和未知的刺激下，等不及第二天八点的来临，可当公共汽车进站，她已等在那儿时，头脑不觉间又回到了昔日的自鸣得意。

"你想去哪里？"

"找个安静的地方。我们可以说说话的。"她说。

翻过桥，经过我们第一天相遇时乐队演奏的地方，利菲河上依旧是夏日的夜色。

"我想死你了。"我试图靠近，她的手上戴了白手套。

"你得了什么病？"

"某种流感。"

我们走路时她冷冰冰的，和我保持着距离。她挑的是一家新开的雅座酒吧。里面放着背景音乐，有红色的靠垫。酒吧里没有客人，酒保正在擦亮玻璃杯。他把健力士黑啤酒和甜雪利酒端到桌上。

"你想说什么？"我等酒保重拾起擦亮玻璃杯的工作后问道。

"我想说，我考虑过了，我们的约会是在浪费时间。浪费你的时间和我的时间。"

仿佛有一条绷带从开裂的伤口上撕了下来。

"可为什么呢？"

"因为不会有结果。"

"这么说，你有别人了？"

"和那无关。"

"那是为什么？"

"我不爱你。"

"可我们共度过许多开心的夜晚。"

"是的，但那不够。"

"我以为过一阵子我们会结婚。"当时我愿意伏在地上或做任何事，只要能留住她。一点一点地，我的人生已落入她的手掌之中，唯有在失去时我才醒悟过来。没有她的人生，失去自己生命的痛楚，无法像死人一样浑然不觉，全部的渴望转变成把自己的生命消解在她的唇上、她的大腿间，因为那只有通过她才有了生命。

"那不可能，"她说，并且对自己的威力很有把握，"所有在那把破伞下度过的夜晚都是枉费。还有那个月夜，你试图让我像个白痴似的举着伞。你当我是什么？"

"我没有恶意，我们难道不能试着重新开始吗？"

"不行。结婚应当有某些神秘的魔力。我们太了解彼此。没有更多新发现了。"

"你指的是……我们的身体?"

"对。"

她动身要走,我急了。

"你愿意再喝一杯吗?"

"不,我不太想喝。"

"我们就不能再见一次面吗?"

"不必了,"她起身要走,"那只是无谓的拖延,最终结果还是一样。"

"你就这么确定?万一还有一次机会呢?"

"没有。你不用送我上公交车了。你可以把你的酒喝完。"

"我不要。"随后我跟着她穿过旋转门。

在爱尔兰银行前的车站,我做出最后一次努力:"不能让我送你回家吗,这最后一晚?"

"不行,这样比较容易。"

"这么说,你是有了别的约会对象?"

"没有。"

回答像刀锋一般干净利落。我望着她登上公交车,在手提包里摸索,从小皮夹里掏出车费,摊开手递给售票员。公交车转过街角。我注意看她有没有回头,有没有做出任何手势,可她没有。我所有的爱和生命都逝去了,我必须等到逝去时才明白这一点。

我接着意识到我把雨伞落在了酒吧,遂开始为此慢慢往回走。

我穿过旋转门，拿起靠在红色软垫上的那把伞，举起，并说"刚刚把它落下了"，以回答酒保无言的质询，仿佛每一幕短暂的演出都可以麻痹痛楚。

那年夏天我没有去南方的海边或城市。我曾努力想逃脱的那个身体成了我唯一的念想。在酒吧关门后的深夜，我会怔忡地呆想着什么人的手正在爱抚她的身体，而倘若我有权力的话，本可将那滥交的行为统统定为死罪。在街上，我只要看见一件她以前常穿的外套或连衣裙，尤其是一条廉价的蓝底白点连衣裙，背后有拉链，那年夏天非常流行，便会怀着怦怦直跳的心，挤过人群，直至与穿了那条连衣裙的人正面对视，可那张脸永远不是她的脸。

我时常打电话给她，哀求。有一次午餐时间，她同意出来见我，在我说了我感到绝望后。我们漫无目的地走在午餐时间的街上，在感谢她的好意时我不得不强忍住泪水，然而以前她把她的夜晚和身体全部交给我时，我却几乎毫不动容。当晚酒吧关门以后，我在那种把人们带回他们曾经住过但现在已不再居住的房间的冲动的驱使下，站在那片街灯照不到的树下，我们曾多少次站过的地方，冀望我人生或爱情的某些意义会出现，夜色却对一个男人站在伞下、头顶是绿树叶上滴下的水珠这越来越荒唐的情景无动于衷。

借由我的爱情，我正在经受的是我自己未来的死亡体验，因为绝望地活着等同死亡的焦虑，而在时间更换好其所有绷带以前，我在行进中，在搭公交车乘往终点站的过程中寻到慰藉。有一天，在基雷斯特，我听见售票员对司机说——当时他们坐在下层，消磨他们十分钟的休息时间——"老天爷，这个国家要彻底完蛋了。上面有位先生,他看起来十分正常,可过去这一年里,他已在这儿出现过无数次了,来来回回,哪里也不去。"我听着,感觉自己像个在久病之后医生说"明天开始你可以下床了"的病人。我紧紧握住那把黑色的伞,怀着一种坚定的决心,发誓要回到以前的我,在树下知足地享受幸福。还有这把伞下,在下雨的夜晚,那是这座城市正常的天气。

金　表

　　我们是在格拉夫顿街遇上的，在漫无目的的徜徉中，那是春季一个慵懒美好的星期六，结束了一周的工作，周末依旧新鲜得像那束银莲花，那似乎是她唯一买的东西，放在她藤编的购物篮里。

　　"真是意外的惊喜啊。"我说。

　　我正要握起她的手时，一个怀里抱满包裹的人从我们中间走过。她把篮子换到另一只手上，我们从推搡的人群中退到相对安静的哈里街。自打五年前从都柏林大学同一级法律班毕业后，我们就再也没见过。我听说她和那个以前常和她一起出入的医学院男生订了婚，并在乡间开了家私人事务所，大概是在等他毕业吧。

　　"你进城是过周末还是度假，或是办什么事？"我问。

　　"不。我现在在这儿工作，"她说出一家专门从事税法业务的大事务所的名字，"我觉得我需要换个环境。"

　　她穿着一套优雅的套装，燕麦色，窄裙从膝盖处向下开叉。她学生时代金色的长发在脑后紧紧盘成一个整洁的圆髻。

　　"你看起来不一样了，但还美丽如初，"我说，"我以为如今你已结婚成家了。"

　　"那你呢，还每年夏天都回家吗？"她反问道，也许是出于慌乱失措。

"看来我好像永远也改不掉这个坏习惯了。"

我们在比尤利咖啡店喝了咖啡——格拉夫顿街上永远飘着从通风孔里吹出来的烘焙咖啡豆的香气，与那天上午的回忆交融在一起——然后我们继续共度那悠闲的一整天，直到她笑着坚定地回应了我犹疑的初吻。可也是她，在几周以后，回绝了我那笨嘴拙舌的求婚。"不，"她说，"我不想结婚。但我们可以搬到一起过过看。假如合不来，我们可以散伙，这样不会反目成仇。"

接着是她找了位于休谟街的公寓，在一栋老式乔治王朝时期风格的房子的顶楼，旁边就是圣史蒂芬公园，离我们俩上班的地方都很近，步行就可到达。住在一起的头几个星期里，有种格外的宁静和甜蜜，后来我总把那里和那些有挑高天花板的房间联系起来——下班离开办公室时我所感到的那股急切涌动的兴奋；我会在街上徘徊，买些鲜花或水果或葡萄酒或一个碗当礼物。还有一次，我买了一个铜平底锅，然后奔上楼梯，喊着她的名字，现在同样是那个房间，里面却空无一人，我发现她还没到家。

"我们为什么如此幸福？"我会问。

"别担心这个。"她总是这么说，然后用手轻轻按住我的嘴唇。

那年初夏，我们在一个周末开车南下，去了基尔肯尼郡一个小镇，她在那里长大，我们分房睡在她父亲面包店的楼上。那个星期日，亲戚如满江的潮水——阿姨、同辈的表亲、两个叔叔及后面跟着成串的小孩——不断地踏进那间屋子。消息业已传出去，他们分明是来考察我的。这使得她和她当老师的母亲之间的紧张关系，在那晚吃过晚饭后演变成公然的争吵。她父亲陪我坐在前厅，客气中透着拘谨。我们在斟酌每一套谨慎的老生常谈之辞时抿着威士忌，谛听远处厨房里争吵的起落加剧。有一阵，我觉得那种舒适开阔的感觉很诱人，可到我们告辞时，我又开始发现那座小镇令人窒息。

"很遗憾，每次来最开心的总是临别时。"她在我们开车驶离之际说，"等离开一段时间后，你又会经不住诱惑，想着下一次会有所不同，可其实从来不会。"

"别急——等你去了我的家乡再说。到时你完全可能会有不同的看法。至少你的众多亲戚用心了，而且你父亲是个和善的人。"

"可你仍然坚持回那个老地方，不是吗？"

"没错。如今我必须面对那儿。那样我才不会感到内疚。我什么感觉都没有。"

我太了解自己了。在我习惯性的回家里，包含更多的是谨慎戒备，而不是什么爱或慈悲。那种乏味扫兴，是在我父亲严酷的训教下所习得的。我不会陷入内疚，我已经远远青出于蓝。一度，我似乎能够用目光压倒天性的一只眼睛。

我甚至曾经等待过爱，如果这就是爱；因为这样的幸福是我从未品尝过的。

"你瞧，我等你等得够久了，"在我们驶离她位于基尔肯尼郡的家乡小镇时，我说，"此刻我希望我能把你留住。"

"不是我，也会有别人。我妈妈永远不会理解那一点。不妨说是我等你等得够久了。"

几个星期后，我们去探望我的父亲，那很快变成一个难以收拾的局面，远比我预想的更糟糕。我看见他在我下车打开紫杉树下的铁门时盯着我们，但没有出来迎接，而是退回到走廊的暗处。而我的继母罗兹，在我们俩下车、正要打开花园的小门时，出来走到车旁。我们只得一路跟随她的微笑和发颤的话语走进厨房，只见我的父亲坐在车座椅改装的靠背椅里，他没有起身同我们握手。

午饭时，虽然罗兹几度试图接起话茬，不让对话中断，但饭桌上仍然死气沉沉。吃完后，父亲从窗台上拿起他的帽子，说："我要问问你有关这些胡桃树的事。"于是我跟随他出门走到田里。山梅花开得正盛，就在山梅花从那簇黄槐决明中探出来的地方，他蓦然转身问我："你的未婚妻多大了？她看起来快四十了。"

"她和我同龄。"我面无表情地说。处在震惊与纯粹的讶异之间，我几乎失去了思考能力。

"我不相信。"他说。

"你大可不信，反正我们是大学的同班同学。"我转开身。

那晚的晚些时候，我和她走在同一片田野上，快到山梅花的地方时，我说："你知道我父亲对我说了什么吗？"

"不知道，"她快乐地说，"但据我所见，我想没有什么会让我觉得意外。"

"当时我们就是走到这儿。"我先说了这句，然后重复了一遍他的话。当我看见她呆立不动、脸色煞白时，我知道我不该说的。

"他说我看起来快四十岁了，"她重复道，"我得离开这个地方才行。"

"就住这一晚吧，"我央求道，"时间不早了。我们只能去住旅馆。那会把事情闹得太大。假如你不愿意，以后可以不用再来，可今晚就住下吧。这样方便一点。"

"我可不想再回来。"她说，但她同意过完这一晚。

"可你觉得他为什么这么说呢？"后来我问她，当时我们俩都静静地坐在大草场尽头的围墙上。我们望着夜的黑影在山毛榉之间越来越浓，拖延着我们必须进屋的时间，就和两个长大了的孩子无异。

"那还用说？出于单纯的憎恨。在那种憎恨下无生活可言。"

"我们明天一起床就走。"我许诺。

"而你为什么……"她一边用黑麦草的叶片搔痒我的喉咙一边问，"正相反，说我太美了？"

"因为那是事实。那使你人尽皆知，要活得自在更加困难。你活在太多人的眼睛里——嫉妒的、困惑的甚至只是单纯的仰慕，全都一样。我觉得在那种情况下，要生活得幸福更加困难。"

"但那给了你很多优势。"

"假如你利用那些优势，你会陷得更深。当然，我也担心那样会招引来人，企图把你从我身边抢走。"

"不会发生那种事。"她笑了起来。她完全恢复了天生开朗的好心情。"现在我想我们还是进去面对魔头吧。我们迟早得这么做，外面冷起来了。"

我们进去后，父亲试图表现得和蔼可亲，但话音里有种虚假的热情,清楚显示出那并非出于好意。他觉得自己落了下风,此时正急不可耐地试图收复失地。我们用沉默和礼貌作为唯一的武器,拒绝卷入。第二天一早,他强留我们时,我们斩钉截铁地说我们必须回去。除了有一年夏天我去英国工作,也就是那年夏天我的父亲娶了罗兹,每年我都回来帮忙割晒干草;在当了公务员后,我能够调假,把假期时间安排在割晒干草的前后。他们已开始依赖我,而我也喜欢那份活。对于我把握机会去念大学这件事,我的父亲从未原谅过我。他曾希望我留在家里,在地里干活。我一直在和他一定要把我的拒绝变成背叛做抗争,通过每年夏天回家,我觉得我在证明那巨大的背叛不是我造成的,而是天生就如此。

那年,和在还没遇见她时的每年一样,我把假期安排在了割晒干草的时间,但由于他在山梅花树旁对我转了身,我不再确定自己非回去不可。我不再是自由之身,除了名分以外,方方面面,我们的同居生活似乎都在朝婚姻迈进。给他一个机会,让他可以把它称作我的背叛,或许甚至会令他高兴。

"我不知道该怎么做。"在我预定要休假的一个星期前我向她坦承,"在割晒干草上,他们已开始依赖我。别的活他们自己都干得动。我知道他们期待我回去。"

"你想怎么做呢?"

"我想我还是希望回去——假如你不介意的话。"

"你为什么希望回去?"

"我喜欢割晒干草的活。等回到城里时你感觉身体强壮而健硕。"

"这是真正的原因吗？"

"不。是出于某些也许甚至可称为险恶的用心。我已回家了那么久，我想坚持到底，我不愿背上是因为我而终结的罪名，虽然那很快就会终结，无论有我没我。但这样我就不用耿耿于怀了。"

"那样的话，干脆算了，承担罪责或许会更加仁厚。"

"那样可能会更加仁厚，但我们之间早就没有了仁厚，所以不在考虑范围内。"

"这么说有过仁厚的时光？"

"在我年少的时候，"我无奈地笑了笑，"他把仁厚视作弱点。我怀疑他不懂如何应付。每次我一表现出仁厚的一面，他就更加火冒三丈。他也有仁厚的时候，间歇性的，当他觉得事情满意时。那就更加不可接受。《圣经》里的那段话说得对，吃过太多苦以后，人会自然变得铁石心肠。这完全不值得称颂，但如今我真的很想把这件事坚持到底。"

"好吧，那就去吧，"她说，"虽然我不理解，但我看得出你想去。我是新员工，最早要到九月份才能休假。"

在我将要启程去割晒干草的前一晚，我们在公寓里吃了意大利面，喝了两瓶红酒。我们聊了很多，险些来不及去公园散步。每个晴好的夜晚，我们都喜欢去那儿走一走，然后回家睡觉。

钟声颇为喧闹地从四面八方传来，驱赶窝在灌木林里的流浪汉和情侣们，我们穿过已关了一半的门。两名女子在池塘边从塑料袋里拿出面包匆忙地喂鸭子。我们翻过那座有棵日本樱花树斜倚在那儿的桥,走在空长椅之间,周围是小径和用矮栏杆围起来的花坛。帆布折叠躺椅收了起来,喷灌器关了。这一刻,公园里总有些惆怅的气氛,如同假日结束时的海滩。我们进来时的那扇门已经上锁。出去时只能走另一扇门,管理员晃着一大串丁零当啷的钥匙,站在那扇门旁边。

"你知道,"她说,"我希望过不多久可以结婚。我原来以为那对我而言没有多大差别,可说来奇怪,现在我想结婚了。"

"但愿那个对象是我。"我说。

"你没有问过我。"

她紧挽着我的手臂,我能感觉到她的笑声。

"我现在就问。"

我手一挥做了个摘帽的动作。"你愿意嫁给我吗?"

"愿意。"

"什么时候?"

"年底以前。"

"那么,你想去喝一杯庆祝一下吗?"

"我永远喜欢找理由庆祝,"她咬着嘴唇,"你要带我去哪里?"

"谢尔本酒店。就在我们附近,那儿比较安静。"

我想象着婚车后扔过来的彪悍的靴子,玻璃弹珠突然在蜜月车的轮毂里咯咯作响,金属车壳涂了油,这样抛出的一盒盒五彩纸屑就会粘住,卡通睡衣的裤筒缝得滑稽可笑。我们要免去那一切。我们彼此约定婚礼尽量从简。

"我们生活在幸运的时代,"她说着举起杯子,她沉静、灰色、睿智的眼睛闪闪发亮,"即使在十年前,这也是不允许的。你会告诉你父亲我们要结婚的事吗?"

"我不知道。也许等结婚那天再说吧。你呢?"

"我还是告诉他们好了。事实上,对于婚礼不大操大办,我妈妈估计会暴怒的。"

"我真感激这几个月一起生活的时光,让我们能够自然地过渡到婚姻,不会一下子跳进去淹死。我不在时你打算做什么?"

"我会望穿秋水,"她打趣道,"我甚至可能会出于单纯的相思而试图把公寓布置一番。阿贝剧院有一出戏,我想去看。假如我心情太低落的话,城里有几家好吃的餐馆。与此同时,祝你和你父亲,还有可怜的罗兹在十九世纪该死的割晒干草中过得愉快。"

"哦,看在上帝的分上。"我说着,起身准备离开。到了外面,她仍在笑个不停,故意气我,我把她拉入怀中。

翌日早晨,在回家的火车上,我听见车厢远处的广播里说晴好的天气可能会持续很长一段时间。沿线的草场都在收割,我看见男人们在微风中检测一把把干草,他们在等待太阳蒸发掉倒伏的草皮上的露水。这个时候,人们祈祷的是天气。

我从车站开始步行了三英里。沿路的草场,草都割倒了,有些已经攒好,一捆一捆地堆着。到处皆是割过草的清香。当我一步步走近自家树林里的那栋石屋时,我几乎迫不及待地想看看那排山毛榉树外的大草场是否已经收割了。以前住在这儿时,我曾有过同样的兴奋,那是在火车隆隆驶过桥进城之际,或是当大海就要出现在我眼前时。现在,我就生活在一座临海的城市,这份兴奋便渐渐转移到了家乡上。

还没走到大门口，我就从山毛榉外的空旷断定，大草场已经割过了。罗兹和我父亲在屋里，他们正异常兴奋地等着。

"一切都为你准备好了。"罗兹一边说一边同我握手。透过窗户，我看见我以前的衣服在屋外的阳光下，搭在一张椅背上。

"你吃点东西就可以穿上你的旧行头，"我父亲说，"我昨天把大草场的草打了。一切就绪，可以开工。"

罗兹把我以前的衣服洗干净了，才晾在外面。当我换上时，衣服仍带着太阳的暖意，摸上去有那种旧衣服洗过后的清爽宜人感。不出一个钟头，我们已经在操作机器了。

机器极大地减少了晒制干草的不确定性和辛苦，但担心下雨的忧虑仍在。头顶的蓝天每飘来一块云，我们都会惴惴不安地凝望，仿佛那是一艘敌舰。每天干完活，我们似乎都和没有机器之前那样疲惫不堪，默默吃着推迟的晚饭，无精打采地看着电视，只在天气预报出现时才警醒；而后勉力拖着脚步走进卧室，床沐浴在月光下，看上去宛如天堂，倒头就睡，一夜无梦。

就是在这样一个累得昏沉沉的夜晚，金表掉了出来。我们瘫坐在电视机前。罗兹一直在外面的前院里干活，后来进屋来，把烧水壶放到炉子上，开始从衣柜里拿出叠好的床单。那只金表毫无预兆地掉了出来，落到地板上。她是从柜子里把它和一条床单一同拉出来的。昏暗的灯光下白色的表面朝上，我弯腰拾起，玻璃没有碎。"幸好它已经不走了。"罗兹舒了一口气。

"哦，就算走，也很快需要你好好保养了。"我的父亲生气地从摇椅上起身。

"它只是跟床单一起被拉了出来,"罗兹说,"我在屋里到处都能看见它,就把它放在了床单里面,这样眼不见为净。"

"肯定是你精心安排的。给我们今天的每日一碎。告诉我,你是不是白天不砸点东西,晚上就睡不着?"他从椅子里的浅睡中惊醒过来。他要为自己的受惊报复。

"这只表为什么停了?"我问。

我在手里翻看着冰冷的金表。白色表面上只印了"埃尔金"这一个词。纤细的指针是蓝钢制的。在我小时候,它一直闪闪发亮。

"为什么停,难道会有第二个原因吗?"此时他的怒火转到我身上,"表停是因为坏了。"

"为什么不修呢?"我没理睬那份怒火。

"镇上可怜的泰勒不再修理手表了。"罗兹回答,"它上一次停时,我们把它寄到了斯莱戈。又从斯莱戈寄到都柏林,但退了回来。支撑摆轮的一个零件坏了。他们告诉我们,这款手表的零件已经停产而且零件只能手工制造。他们说这块金表的品质不高,不值得花那么多钱。它只是镀金的。我想它永远不会再走了,便把它和床单放在一起,眼不见为净。我到处都撞见它。"

"哦,以前没有修好,这次一定要一劳永逸地把它修好了。"父亲不肯罢休。

他的手在摇椅的扶手上颤抖,多年以前,正是这同一只手,在第一轮奉告祈祷钟声飘过格洛里亚沼泽区的石楠花和淡小麦色的苔草、传入我们耳中时掏出了金表:"晚了二十分钟,没有比平时更晚……总有一年，吉米·林奇会因为在十二点准点敲响奉告祈祷钟而让他自己和全体村民大吃一惊……唯独在爱尔兰有对的时间和错的时间。其他国家只有时间而已。"我们会站在那里，舒展着因翻晒泥炭而酸痛的背脊，等着他摘下他的草帽。

在把干草收割完、把泥炭搬回家以后，我们会和他一起站在紫杉树下，脚边放着行李箱，等待每年载我们去斯特兰希尔海边的公共汽车；为了让我们安静下来，他会拿出那块表，放在摊开的手掌中，我们会紧盯着细小的秒针在表面下方不停地转圈，直至多尔蒂山冈顶上出现公车的身影。如今，隔了这么些年，一切都历历在目，伴随的是如此凝重的实际场景和岁月。

"假如这块表修不好了，不如就给我吧。"我惊讶于自己说出这番话时平静的声音。这块表是他从他父亲那儿得来的。在漫长的童年岁月里，我曾认定有一天他会把表传给我。到时一切弱点都将消失。我将拥有它的法力。有一次，他一时兴起，甚至慷慨地答应给我，可他没有遵守诺言。自私地说，也许，我期望他会在我毕业时、在我进入政府部门工作时，或在我第一次获得升迁时把它送给我，可他没有。我已经把它忘了，直到它从叠好的床单里掉出来，落到地板上。

我看见父亲和继母交换了一个眼神，然后他说："你拿去有什么用？"

"没用，只是留作纪念。我会给你买一块好的新表替代它。我在机场的免税店里经常看到手表。"我的工作常需要我到国外出差。

"我不需要手表。"他说，然后费力地从椅子里站了起来。

罗兹偷瞟了我一眼,和几分钟前她与我父亲交换的那个眼神大同小异。"也许你父亲想留着这块表吧。"她的话中包含着恳求,可我没有理睬。

"这块表以前不是你父亲的吗?"在父亲移步朝卧室走去时我问道,可他唯一的回答是转身,回头打了个哈欠,然后继续拖着缓慢、夸张的脚步,朝他的房间走去。

当火车徐徐驶进亚眠街车站时,我欣喜地看见她在检票口外面,穿着我们在格拉夫顿街相遇的那个星期六早晨她穿的那身花呢套装。我看得出她去做了头发,可她的手上有点点白油漆。

"你告诉他们我们要结婚的事了吗?"我们离开车站时她问。

"没有。"

"为什么不告诉他们?"

"始终没有机会。你呢,你给家里写信了吗?"

"没有。事实上,上周末我开车过去,告诉了他们。"

"他们什么反应?"

"他们似乎很高兴。你似乎留下了一个好印象。"她面露微笑,"如我所猜,母亲对不大办婚礼十分恼火。"

"你不会因此改变我们的计划吧。"

"当然不会。她不太愿意改变自己,只想改变别人,让别人和她观点一致。"

"它终于落到我手里了,"我说着,拿出那块停了的表给她看,"我一直想要它。假如我们相信征兆,我们似乎终于要成为命运的主人了。"

"而且并不为时过早,我想我可以冒险地加一句。"

我们在那年十月结了婚,由一位方济各会修士主持,在他们位于码头的教堂,两名教堂司事当证人,事后我们在林肯巷一家新开的餐馆吃午饭,中间喝了太多太多酒。下午晚些时候,在踉跄地回家时,我看见街上有几个人微笑地看着我试图抱起她走上台阶。我们连公园关门的钟声也没听见。

我们醒来时天已经黑了,她说:"我有东西给你。"并从床头柜里拿出一个包好的小盒。

"你知道我们约定不送礼物的。"我说。

"我知道,可这不一样。打开吧。反正,你说你不相信征兆的。"

里面是那块金表。我把它拿到耳边。它走得完美顺畅,细小的秒针在表面下方不停地转圈,蓝色的指针指向已过了午夜。

"这花了很多钱吧?"

"没有。一点点,你不用管。"

"我以为那些零件必须特别制造。"

"并非如此。他们可能压根就没问过。"

"太麻烦你了。"

"现在,我希望看你戴上它。"她笑着说。

我没有戴。我把它放在壁炉台上。我觉得金与白的表面和纤细的蓝指针在洁白的大理石上显得十分优雅动人。给它上发条,看它走,让我有一种奇特的掺杂着内疚的快感;第二年春天,从渥太华开会回来时,我在蒙特利尔机场的免税店里买了一块价格不菲的新式手表。它有五年保修期,防震、防尘、防水。

"你觉得这怎么样?"回到都柏林后我问她,"买给我父亲的。"

"唔,不好看,但肯定会得到我母亲的赞许。她会说它很实用。"

"这很贵的。"

"看上去贵。你打算回去割晒干草时带过去吗?"

"这可能是我帮他们割晒干草的最后一个夏天了,"我歉然地说,"你不打算改变心意,跟我一块儿去吗?"

她摇摇头。"现在他可能会说我看起来像五十岁了。"她和她自己讨厌的当老师的母亲一样固执己见。我没有强求。她有了身孕,神态沉静秀美。

"没了你去帮他们,他们以后怎么办?"她说。

"大家怎么做的?没有我就自己干。不干就承包给别人干。他们有的是钱。这只是结束某件持续了很久的事情而已。"

"的确很久了。"

我在七月和以往每年夏天一样的时间坐火车抵达,兴奋中掺杂着惆怅,因为这可能是我最后一个夏天来这儿了。我甚至不再盼望看到这一年一度的回乡之旅自然走向终结。我是因为来似乎比不来的伤害少一点才来的,而且还带了那块优质崭新的新式手表,以替代那块古老的金表。前一晚吃晚饭时,我们已商量好在桑迪芒特的海滨附近买一栋带花园的房子。很快,我心中的惆怅,在我走近到能看见那栋屋子时,便一点也没有了。

全部的草都已经割好攒好,干草包五六个一堆,上面覆着青草。山毛榉外的大草场一片干净,干草包已收进棚内。虽然我是要把这当作我割晒干草的最后一个夏天,但此时我感到怒火中烧,割晒干草在我没到时就已经结束了。四处都不见罗兹和我父亲的身影。

"发生了什么事?"终于找到他们后,我问道,他们在给果园一侧的土豆垄除草。

"储备冬饲料的活我们吃不消了,"父亲说,"我们决定让出草地。吉莱斯皮接收了。他提前割了草——两周前。"

"你们为什么不告诉我?"

父亲和罗兹交换了一下眼神,等他开口时,说话的语气仿佛是在发表一份事先准备好的声明。

"我们不想让你知道。而且我们觉得你总归要回来的,不管晒不晒干草。回来休假更合常情,而不用像以前那样累死累活地只忙着晒干草。再说,假如你想干活,可以干的活其实还有很多。我已经又开始自己打理院子了。"

"算了,不管怎样,我带来了这些。"我把巧克力和香水递给罗兹,把表交给父亲。

"这是做什么?"

"这是我和你说过的那块表,我买来替代那块旧表的。"

"我不需要手表。"

"我反正都买了。你觉得怎么样?"

"不好看。"他说着,把表翻转过来。

"这很贵的,"我说出价格,"而且是免税品。"

"这么说,你肯定被他们骗了。"

"不会。这有五年保修期,防尘、防震、防水。"

"那块旧金表——你还收着吗?"沉默过后他转换了话题。

"当然。"

"你把它修好了吗?"

"没有,"我撒了个谎,"不过放在那儿挺好的。"

"那真让我搞不懂。"

"好啦,反正你会发现这块新表很好用。"

"我在这儿还要知道时间干什么?"他说,可我看见他开始上发条,检查那块表,第二天早晨吃早餐时还把表戴上了。在给吐司涂黄油、伸手取牛奶及糖时,他似乎故意要让人看见那块表。

"你这么早起来要做什么?"他对我说,"你有这个机会,应该睡个懒觉,好好休息一番。"

"你今天打算干什么?"我问。

"没什么。一点瞎忙的活。我可能会把喷土豆的杀虫剂配好。"

"今天是个理想的晒干草日。"我说着,眺望窗外的田野。晨光像干草棚旁仍沾着露珠的李子一样,透出青紫色和凉意。有只白蜘蛛正在草上结网。随着白天时间的推移,我发现自己穿着西装感到浑身躁动难安——想念以前宽松的衣裳、草场上的柴油味、草儿倒下时草尖的颤动和长长的耙齿把干草推成排,以及草场上的各种噪声、喧闹和忙碌。

我听见铁锤落在石头上清晰的击打声。父亲正在用大锤猛砸从拱廊上掉下的石头，那儿以前挂着工人的铃钟。有几块石头曾是拱门的一部分，形状十分漂亮。把它们敲碎似乎毫无意义。我走近了一些，小心地躲在山毛榉的荫翳下。

大锤抡起时，那块表在我父亲的手腕上闪闪发亮。我的目光跟随它落下，看见金属与石头碰撞时那股震颤传遍他的手臂。在从事如此剧烈的工作前，人们通常会先把手表从手腕上摘下来。我等待着。在这样炎热的天气里，这样的工作，他坚持不了多久。他一次又一次地敲下大锤，那块表闪着光，震荡突突传遍他的手臂。当他停下来，在擦汗之前，他把表放在耳边，专注地谛听。我的猜测现在得到了证实。从他暴躁地把大锤扔在一旁的样子来看，显然，那块表还在走。

那天下午，虽然他明确表示不要帮手，我还是协助他往柏油桶里倒满水，配制喷土豆用的杀虫剂。在把那包蓝矾放进桶里浸泡时，他当着我的面，一把将手表深深地浸入水中。

"我明天回都柏林。"我说。

"我以为你要待上两个星期呢。你以前总是待两个星期的。"

"现在这儿不需要我了。"

"这是你的假期。你在这儿和在海边一样舒坦。这既是换个环境，相对也省钱得多。"

"我之前想告诉你，本该告诉却没告诉你的，我结婚了。"

"再多告诉我一些近况吧。"说话时他试图显出淡漠的惊讶，可我从他的眼睛里看出他早已知道，"我们听说了，但我们不愿相信。

正式的订婚在现今有些落伍,请帖也免了。我猜我们是不够重要所以没被邀请。"

"婚礼上什么人都没有,只有我们俩。我们谁也没有邀请,无论是她的家人还是我的家人。"

"哦,我想那样比较省钱吧。"他赞同地说。

"你什么时候喷杀虫剂?"

"明天喷。"他说,我们把蓝矾留在那桶水里浸泡。

当注意到他不再戴那块手表时,我松了一口气,可屋里那股不自在的感觉如此强烈,晚饭后我走到了外面。这是一个月色皎洁的夜晚,空旷的田野、山毛榉树和围墙,勾勒在清晰泛黄的轮廓线里。这个夜晚似乎格外宁静,使得心中那份向往拥有人生全部的渴望也映照出月光下的静谧,可我清楚得很,它既不是如此,也不可能如此。那是一个死亡之梦。

我信步朝果园走去,经过柏油桶时,我看见一根细细的钓线从一截低矮的紫杉树枝上挂下来,垂到桶里。我听到滴答滴答的声音,在腕表升出水面前就听到了,它系在钓线的尾端。令我震惊的是我既不感到意外也不觉得震惊。

我摸到了那包我们之前留在水里浸泡的东西。蓝矾已全部溶化。这是一桶十足的毒液,随时可以做杀虫喷剂之用。

我默默谛听着钓线尾端那块手表的滴答声,然后将它重新放回桶中。毒液已侵蚀表壳。闪亮的边缘和背面不再光滑。它几乎走不到早晨就会停了。

夜晚如此寂静,连山毛榉的影子在月光下的草地上也没有晃动,就像一片树叶嵌在了岩石里。洁白的大理石上,那块金表想必此时正面朝上躺在相同的夜光下,或静默或在走。圆桶深处手表的滴答声被喷剂完全掩没,只有靠想象才能听见。一只鸟在某处高高的树枝间移动,但过后那份寂静浓得开始刺痛人心,越来越渴望那只鸟或什么东西再度发出动静。

我站在那月光下的寂静中,仿佛在等待着某句话或真相,但什么也没有出现,始终没有出现。唯有过去随着变化而增加或缩减的东西,变成了现在唯一的东西,又正在再次变成过去的东西,速度甚至快过毒液里那根不停转圈的小秒针。

突然,屋里的灯灭了。在进屋以前,我再度拉着钓线,把手表从桶里提起来,谛听它的滴答声,此刻只对它重新点燃的期许——即,假如我继续谛听那滴答声,某句话或真相也许会出现——感到可笑。当我终于把那块表放回到毒液里时,我的动作极其小心,没有一丝涟漪或水花打破那份寂静,而时间,毫不意外的,仍在走着;时间,无须走向任何终点。

一首歌谣

"你说等克罗宁跌跌撞撞进来时会不会很晚了?"瑞恩困倦地问。

"不会早的。他跟奥莱利和两个女的去跳舞了。"

惨淡的光从紧邻窗口的街灯照进来,打在房间刷过清漆的天花板上。克罗宁必须穿过房间,才能走到窗边他的床上。

"假如他清晨回来我倒不介意。我讨厌的只是睡着了又被吵醒。"瑞恩说。

"他保证会把我们吵醒。他肯定有故事要倾吐。"

瑞恩身材魁梧,性格温和,在镇上的人工授精站当输精员,和克罗宁一样。我们仨合住在桥酒家顶楼的这间斗室里。奥莱利是麦金尼太太唯一接受的另外一位房客,但他在楼下有自己的房间。他是新建那座桥施工现场的站点工程师。

"你觉得等桥建成后,奥莱利和蕾切尔之间会怎么样?"

瑞恩说话时我惊了一下。我们临睡前间歇性的静默似乎总是比睡觉更加深沉。"我不知道。他们在一起约会挺长一段时间了。说不定他们会结婚……你觉得呢?"

"我不知道。最近几个月,他在各处有好几个别的女人。我怀疑他是否会被拴住。"

"蕾切尔要找个别的人一点不难。"

她是去年夏天一次选美比赛的冠军,还在另一次选美比赛中获得了亚军。她一头金发,个子高挑。

"她可能不想那样。"瑞恩说,"星期五晚上的单身汉舞会会很有趣。你何不改变一下主意也来呢?星期五傍晚燕尾服会搭公交车送到。我们要做的仅仅是打电话告诉他们你的尺寸。"

"不。我不去。你知道我想去,但我要为圣诞节存钱。"

一辆破旧的自行车嘎吱嘎吱驶下山冈,过了桥,一个声音用爱尔兰语高喊道:"闪开。"

"那是帕迪·米克准备回家。他没有车铃。这表示最后一家深夜营业的酒馆关门了。"

"是时候睡觉了——管他克罗宁有没有回来呢。"

克罗宁把我们吵醒时已经很晚了,但晨曦尚未开始冲淡街灯昏黄的灯光。我们本想假装继续睡觉,可他反复问道:"你们醒着吗?"

"我们现在醒了。"

"那个奥莱利真该被赶出镇。"他说。

"出了什么事?"有一阵我曾怀疑他精瘦、紧张、俊美的外貌掩盖了一种愚不可及的傻气。

"今晚他让那个女孩做的事,是无论哪个可怜的女孩都不该做的,而且还是在众人面前。"

"什么事?"在克罗宁脱下衣服之际,瑞恩在床上用胳膊肘撑起身子。

"不堪入目。"

"你不能就这样把我们叫醒,却什么也不告诉我们。"

"太龌龊了,无法用语言形容。"

"语言怎么突然变得神圣起来了!既然你觉得那么恶劣,为什么不制止呢?"

"事情一旦已经发生你还能说什么?他都让她这么做了。我的女伴气得要死,之后一晚上都没有讲话。"

克罗宁一直和一个比他大几岁的美发师出去约会,那个美发师在镇上有自己的店。他将带她去参加星期五的舞会。

"你不打算告诉我们发生了什么?还是打算让我们继续睡觉?"

"我不想讲出来自取其辱。"他在床上翻了个身,背对着我们。

"我祝你噩梦连连。"瑞恩诅咒着,粗暴地拉起衣服和枕头蒙住脑袋。

翌日早晨,我们四个人一起吃早餐。偌大的餐厅里没有别人,只有几个从马路对面碾磨厂下班的夜班工人,他们戴着白帽,穿着工作服,手臂和脸上仍沾着白花花的面粉。我一直羡慕他们早晨高昂的兴致。早餐对他们而言是庆祝。克罗宁阴沉着脸,直到快吃完时他才说:"你这个恶心的混账,奥莱利,昨晚做出那种事。"

"我根本不晓得你在讲什么。"奥莱利神采飞扬地说。他有着球员小圆桶似的身型,长着一颗英俊的小脑袋。他曾是足球队的边卫,代表卡文郡参加过两届全爱尔兰锦标赛。

"没有女孩该做昨晚你让那个女孩做的事。"

"你根本不懂女人，克罗宁。"奥莱利大声说道，期望让碾磨厂的工人听见，可他们正完全沉浸在自己的快乐时光中，"女人喜欢做那件事。她们只是必须假装不喜欢而已。让我告诉你，所有的女人都瞧不起一切只看表面的男人。"

"无耻。"克罗宁毫不松口地说。

"你还好意思讲。"奥莱利从桌子旁起身，心情愉快，"你和那个美发师在车后座里干的，不管是什么，我觉得那才令人想吐。"

"无耻之极。"克罗宁对着他的盘子说。

瑞恩和我谨慎地保持中立。我从一开始就和奥莱利起过冲突，因为我不肯加入镇足球队，那是他怀着满腔热忱组织的。此外，由于克罗宁平时把奥莱利当作偶像崇拜，所以我们更加谨慎。漫漫长夜，人们会看见他们在训练结束后在公园里连踢几个小时球。近来，假如他们认为我在楼上看书或批改作业，就会往天花板上扔鞋子和餐具。我一心盼着新桥的揭幕。

那天下午三点我从学校下班，瑞恩那辆没有洗过的甲壳虫车正等在大门外。

"我在爱尔兰语区有任务。或许你得一起来，万一需要做点翻译。"

这是个客套的借口。从来不需要翻译。捆起来的那头母牛每次用手一指即可。公牛的品种——短角牛、夏洛来牛、黑白花牛——在盖尔语和英语里的叫法是一样的。甲壳虫车内地板上不锈钢容器里不同颜色的精液管也不需要翻译。瑞恩只是不愿独自一人在空旷的公路上开车，行驶在这些静寂、陌生的屋子之间。

"今早我在办公室从克罗宁口中挖出了整件事。"他的脸上露出灿烂的笑容,那辆大众车在狭窄的路上颠簸,两边是光秃秃的英国山楂。

"那么,是什么事?我不会感到震惊的。"

"那惊到了克罗宁。"

"看在上帝的分上,到底是什么事?"

"奥莱利让蕾切尔把他的那家伙放进嘴里,"瑞恩说,"然后还不让她把它吐出来。"

"吐出什么来?"

"那桶里装的是什么?"他指了指大众车地板上那个光亮的不锈钢容器,里面存放着插在液氮里的吸管。

"他们说那可以增肥。"我用话掩饰自己的震惊。

"增肥效果不如在另一处的一半。"我对我的话所引起的哄然大笑毫无准备。

"你这么说是什么意思?"

"奥莱利现在怕得要死。他让蕾切尔进退两难。"

"那么他就同她结婚嘛。"

"除非万不得已。克罗宁告诉我,上个星期他一直在申请去南非当工程师。他们似乎正在南非建造很多桥。"

"但这座桥一落成,戈尔韦就有份固定的工作等着他去。他都吹嘘很久了。"

"假如他和蕾切尔结婚的话他可以去,但假如他不肯把事情做得体面，可能就没那么容易。消息传得很快。"

我们来到第一座那种简易丑陋的小屋前，那是政府在这片二十英亩的农场上建造的。它们全都一模一样。一名妇女出来迎接我们，把我们领到母牛旁，给了瑞恩一盆热水、肥皂和一条毛巾，让他事后用来清洗和擦干戴着橡胶手套的臂膀。她疑心重重地回答了我的几个问题，害怕我是某个政府官员，被派来核查津贴或讲爱尔兰语的情况。

这些人从沿海地带迁移到这儿，那是德·瓦莱拉①理想的一部分；平原上架起了灯塔，盖尔语将从那儿经过口口相传，像五旬节的火焰一样燎原。习惯了捕点鱼、种些土豆、靠岩石之间的青草养头奶牛的他们，在米斯这富饶的绿色土地上茫然失措。几头牛饲养在及膝深的草里，或把土地转租给向碾磨厂供货的谷物承包商——男人则去英国打工。等我们干完活，天已经黑了。最后一家必须点起煤油灯才行。

"如果奥莱利甩了她，蕾切尔会怎么做？"我们开车回去时我问。

"是女孩会怎么做？她必须拴住她的男人。假如拴不住……"他抓着半个方向盘的双手在圆环下朝上一摊，"你还是来参加舞会吧。既然我们知道了正在发生的事，那会加倍好玩。"

"我不去。对我而言，这正好又多了一个不参加的理由。"

---

① 埃蒙·德·瓦莱拉（1882—1975），爱尔兰革命者，1924年创立共和党，1937年使爱尔兰成为主权国家。

燕尾服在举行舞会的那个星期五，装在扁平的纸板盒里，搭傍晚的公交车送来。用来装饰圣坛的郁金香也装在类似的盒子里运来。奥莱利下班一回家就换上礼服，去酒店和造桥的分包商喝酒。很明显，他和克罗宁吵了架。瑞恩和克罗宁等到喝完下午茶才换衣服。他们以前从未穿过燕尾服，兴奋得坐立不安，在镜子前扭来扭去，紧张地大笑，神气活现地从麦金尼夫妇面前走过。在等待去接他们的女伴时，他们觉得时间过得特别慢。瑞恩带的是他们办公室里接电话的那个女孩。

我跟他们去了中陆酒吧，在那里我们喝了三巡热威士忌。我们回去时，仍未到出发时间，他们独自去了另一家酒吧，这次是开着他们的车。奥莱利把他的车开去了酒店。我原打算看书的，可剩下我一个人时，我发现自己看不下去，因为兴奋和喝了威士忌的缘故。当老帕迪·麦金尼要去喝他每晚都喝的啤酒时，我差点经不住诱惑，随他一起回到中陆酒吧去，幸好没过多久麦金尼太太就进来了，陪我坐在火炉旁。

"你终究还是没去参加舞会吗？"

"没有。我不去。"

"你还是去的好。老帕迪年轻时整天跳舞，参加舞会，从不错过一场。结果他遇到了我。我遇到了他。整件事的意义似乎就在于此。"她说话时带着强烈的不解。后来，我问她，奥莱利走后她是否愿意把那个房间让给我，可她没有给出明确的答复，因为她知道，把那个房间租出去比找人填补楼上房间里的空缺更加容易。接着，仿佛为了弥补她的闪烁其词，她做了可口的火鸡三明治，泡了一大壶茶，以代替通常的牛奶和饼干。

凌晨某个时刻，窗下一辆汽车急刹车的尖啸声把我吵醒。一扇门被敲得砰砰响，可我听不见说话声。一把钥匙在前门里转动。我坐起身，开始传来上楼的脚步声。奥莱利打开房门。他抹了油的头发凌乱不整，礼服和蝴蝶领结也一样。

"他们回来时，我要你替我捎个信儿。"他必须拼命集中精神才能把话组织起来。

"其他人在哪儿？"

"他们还在舞会上。我把他们丢在那儿了。"

"蕾切尔也在那儿吗？"我谨慎地问。

"我最后一次看见她时，她在和克罗宁跳舞。克罗宁发表了一番演讲。他特别要求走到台上，拿过麦克风。真是尴尬之极。一个人千万别和没教养的人为伍。我断定，符合绅士风度的做法是我自己一个人当即离场。所以我回来了。"他像块石头似的稳稳地站在地板上，但从努力集中精神和轻微的打嗝声中可以明显看出他醉得很厉害。

"告诉他们我不想被人打扰。告诉他们别来砰砰敲门。门会锁上的。"

"我会告诉他们。"

"我感激不尽。有机会我会酬谢你的。"

我听见他下楼时四处转悠了一会儿。接着他的门关上了。

其他人过了很久才进来，害得我都开始以为他们肯定是遇到了什么意外。他们吵吵嚷嚷。我听见他们敲了几次奥莱利的门，大声叫唤,然后才上楼来。克罗宁喝得神志不清,瑞恩只是微有醉意,呆呆的。

"该死的奥莱利已经回来了。他把门锁上了。"克罗宁一边跌跌撞撞地走路一边讲话。

"他上来过,"我说,"他要求你们回来时别打扰他。"

"别打扰。"克罗宁怒瞪起眼睛。

"我只是传话而已。"

"那是他挂在门把手上的告示。"瑞恩傻呵呵地笑着。

"我发表了一番演讲,"克罗宁说,"一番无比激动人心的演讲。"

"什么样的演讲?"我用尽可能温和的语气问道,希望可以使那锐利的目光转开。

"即结婚是每一个男人的天职。当然我是特别针对奥莱利,可那同样具有普遍意义。为证明我是认真的,我提出我本人马上就将结婚。如果可能就在这个星期。"

任何想笑的冲动都熄灭了。那会太过危险。

"当然你对结婚毫不上心。你只顾躺在床上。"他继续往下说,那道瞪视的目光不肯转开。接着,他突然朝床上的我扑来,但他的动作非常缓慢而且醉醺醺的,我只需要收起膝盖,侧转,让他从床上滚落到另一边的地板上。这样重复了三次。"毫不上心。只顾躺在那儿。"他不停念叨,每念叨一次,呼吸就变得更加粗重。我担心这场闹剧一时停不下来,直到他站起身来,瞥见了衣橱镜子里自己的模样。

"我以前从未见过自己穿燕尾服的样子。太让我倾倒了。我不想把它还回去,我要买下来。我要穿着它去上班。那些农民会无比倾倒的。"燕尾服似乎让讲话也变得正式起来。

我趁着这个空当起身穿好衣服。接着又一辆车在外面停下。一直站在那儿咧着嘴傻笑的瑞恩,看了一眼窗外,说:"蕾切尔回来了。她来找奥莱利开车送她回家。"

"这么远,她怎么来的?"

"跟碾磨厂的约翰尼和他的女友一起。她不肯跟我们走。他们得先把约翰尼的女友送回家。我们还是下去吧。他们没有钥匙。"

"下去是我们的职责。"克罗宁说。

我在床沿坐了良久,然后跟随他们下楼。

奥莱利的房门把手上挂着一张硬纸板。我拎起一看,上面写着"请勿打扰"。

蕾切尔正坐在厨房小桌子的一角,陪着她的是碾磨厂的领班约翰尼·伯恩。她抽着烟,一脸不悦,但这样使她更加美丽动人。她拉了一件夹克,披在裸露的肩上,鹅黄的长礼服下露出银色的鞋。瑞恩和克罗宁从冰箱里拿出麦金尼太太做的火鸡,放在高高的木桌上。克罗宁一边挥舞着一只火鸡腿,一边对着帕迪·麦金尼刮脸的镜子端详自己。

"剩下那一程路,我完全可以现在就送你回家。"约翰尼在对蕾切尔说。

"不用了,谢谢,约翰尼。"

"我们现在就去把他叫起来。这是我们的职责。"克罗宁突然说。

我们听见他在走廊里把门把手摇得咯咯作响。"起来,奥莱利。蕾切尔在这儿。你必须送她回家。"

在咯咯响了很久和威胁要破门而入后,房间里传来一个空洞沉闷的声音,仿佛是一个生命正在快速枯竭的男人隔着床单说出来的。"请看告示,走开。"就在这时,蕾切尔走出去,把克罗宁带回厨房。他在蕾切尔的手里出奇地温顺。瑞恩正用手指剔干净火鸡的胸骨。

"你别去吵他。这是我们之间的事。"蕾切尔把他轻轻地推回到桌上的火鸡旁。

"就算你现在把他拉起来,他也基本没办法开车送你回家。"约翰尼·伯恩说。

"我们可以给他喝咖啡。"过了一会儿她补充道,"我再试一次。"她大声喊奥莱利,叫奥莱利让她进屋。可静默中传来的只有响亮的、假装的鼾声。

"只要一小会儿就可以送你到家。"约翰尼在她回到厨房里时说。

"不,约翰尼。我会等。现在你该回家了。你还要去上班呢。"约翰尼很不情愿,踌躇了好几次,终于起身离开了。把火鸡扒得一干二净后,克罗宁和瑞恩在椅子里睡着了。在灯光炫目的厨房里,我坐在桌旁原先伯恩的位置上。一种愚蠢的、多情的、无端的渴望逐渐升起:把她送回家,和她结婚,同她一起抚养奥莱利的孩子长大,感受某种依稀、长远的幸福。一个小时后,我说:"我可以拿一把他们的车钥匙,"用手指了指两个睡着的输精员,"开车送你回家。"

"不用，"她坚决地说，"我会从现在等到天亮。"

她在那儿一直待到早晨麦金尼太太下来做早餐，在那儿面对她从因晚上吵闹的滋扰而满肚子火气，到看见桌上那只惨遭偷食的火鸡而大发雷霆。

"很抱歉我在这儿。我在等彼得起床。他喝醉了，把门锁上了。他带我去参加舞会，他必须送我回家。"她用一种平静而坚定的语气解释道。

"火鸡的事也是他干的吗？"这位老妇丝毫不隐饰她的怒意。

"不。我想不是。"

"那么，就一定是其他几个臭小子了。"

蕾切尔穿着她鹅黄色的长礼服和银色的鞋子，帮忙收拾厨房，准备早餐，直到这位老妇完全气消了，两个人像古老的盟友一样坐下来，喝着滚烫的茶，吃着涂了厚厚黄油的吐司。隔着薄墙，她们听见奥莱利的闹钟响了。

"他们根本不值得我们如此操心。"这位老妇抱怨地说。

她们听见他起身，打开门，上楼去浴室。等他下来时，蕾切尔走到外面的走廊里迎接他。过了好几分钟他才回到厨房，接着又借了一壶开水。外面街上白茫茫一片。奥莱利汽车的挡风玻璃上结满了霜，门把手冻住了。

"你让他送你回家是对的。他们全都应该学点礼数。"麦金尼太太一边赞许地说，一边拿回空的烧水壶，外面传来汽车预热的响声。

奥莱利送蕾切尔回家去了很久，回来时，他检查了一下工地，确认没有人找他，就告了病假，然后上床睡觉。他一直睡到第二天早晨才起来。

那天上午晚些时候，麦金尼太太看见了克罗宁和瑞恩的模样，决定暂缓一两天再算火鸡的账。上班前他们试图在中陆酒吧喝一杯波士蛋奶酒纾解不适，可那酒让他们吐得稀里哗啦，他们只得躺回床上去。

镇上好久没出过这样的丑闻了，除了三年前几个先锋总禁酒协会的会员在去诺克朝圣的途中因闹事而不得不在朗福德从公车上被带走。在倾盆大雨中一边环绕着圣母马利亚的神龛，一边用万福马利亚的祈祷辞回应电子天父，结果证明，这一考验对三个新会员来说太严苛了。

我在去学校的途中被人拦住，回来时又被人拦住，为的是想看看我对昨晚的情况有没有补充，可是一切，乃至那只遭劫的火鸡，似乎都已昭告天下。

蕾切尔和奥莱利在一月初结了婚。桥酒家只有克罗宁受邀参加婚礼，他和奥莱利又成了铁哥们儿。他告诉我们婚礼很安静，其乐融融，没几个人参加，是婚礼该有的样子。我们在店里凑了些钱，麦金尼太太用这笔钱买了一口台式钟，外框是桃心木的，明亮的金属涡卷花纹上刻着我们所有人的名字。在伦敦度完蜜月后，这对新婚夫妇去了戈尔韦，他在那儿的郡政会里任职。

再见到蕾切尔和奥莱利是几年以后了。圣诞节前一个星期六的上午，一群为圣诞节出来采购的人看见他们在亨利街。他们俩都穿着羊皮外套。蕾切尔的大衣垂至脚踝，他们走路时，一个漂亮的金发小孩拉着她的手。她没有了以前苗条的姿色，但依旧是个端庄的女子。一个小男孩骑在奥莱利的肩上。那个男孩正兴奋地指着人行道上蹦跳的猴子和小贩吹的玩具喇叭。偶尔当他们在商店门前停下脚步，那位母亲会转过脸，背对着白雪发出的银辉，朝他们俩微笑。在有人鼓足勇气向他们打招呼前，他们消失在了阿诺特百货公司里。

不出十年，奥莱利升任为郡工程师，过了几年变成郡长。地方官员每次聚在一起，都会听见窃窃私语的小道消息，仿佛是为了减轻他职位高过比他年长但不够有魄力、不够幸运的人所引起的非议，人们说，若不是娶了蕾切尔，奥莱利今天连一半的成就都没有。

老　派

新教徒的人数锐减，在阿特康，一个在世的都没有了：那栋古老的、乔治王朝时期风格的牧师寓所业已关闭，两旁有高大山毛榉树的林荫道，围墙里的果园、围场、草坪和花园，全都因疏于打理而荒芜了。镶有珀泽①彩绘玻璃窗的教堂每年为秋收感恩节开放一次，继续接受某些有条件的捐赠。在那唯一的一个星期日，总有一群人出现，来自大的田庄，罗金厄姆庄园的猎场看守人和管家，有几年，塞西尔·斯塔福德-金-哈蒙爵士和夫人也来了，他们住在建筑师纳什设计的宅邸里，俯瞰基湖，那栋房子有许多窗户，据说一天开一扇，可以轮一年。

天主教的教堂，醒目的丑样掩藏在村子中央墓园的常青树丛间，星期日的两场弥撒都非常拥挤，常常有小孩和老人因空气浑浊而晕倒，不得不被抬到外面。每天，川流不息的人走进那栋蓝白相间的牧区司铎住宅，蓝色的门窗，白色的墙，位于那条新开的林荫道的尽头，两旁排列着酸橙树。他们来求推荐信，办出生证明，安排上门探访病得奄奄一息的人，请求主持洗礼、婚礼、妇女分娩后

---

① 莎拉·珀泽 (1848—1943)，爱尔兰的肖像画家、彩绘玻璃艺术家。

的安产感恩礼拜，告发他们的邻居：他们带来捐献的财物和到期应缴的付款。夜深后除非是重大无比的事，否则没有人上门，因为到那时，格林教士和从政府部门提前退休、来和弟弟一同生活的丹尼会极其暴躁易怒，经常满身威士忌酒味。"你可以滚了。"那是他说出的话。

每天早晨九点和傍晚六点，一辆绿色的邮车会翻过桥驶向邮局。每个星期四傍晚，史蒂芬·莫恩会骑着他沉重的货运自行车，翻过同样的桥，载着刚从斯莱戈用火车运来的新鲜青鱼，在邮局门外放下自行车的支腿把车停好，吆喝着："过了这个村就没这个店了啰。"这令里面的阿普尔比姐妹安妮和莉齐感到恼火，她们戴着眼镜，头发整齐雪白，面前摆着她们亮闪闪的黄铜秤。镇上有两家酒吧，名叫查理和亨利，两家都兼售食品杂货。有一所有三个老师的学校，一间舞厅，一座警察营，有三名警员和一名警长。

路上交通繁忙，马车、自行车、行人，偶尔听见汽车声时行人总会爬上墙头或路边的草树丛上。在重大比赛前，可以看见人们走整整七英里路去博伊尔；而等挖完土豆，必须面对可怕的漫漫长夜时，则可看见他们死死抱着收音机。夏天的每个星期日，人们把牛从查理酒吧后面的足球场赶出来，用石灰重新画好边线。相较远处耗时、沉闷的足球，人们在吉米·施夫南铁匠铺的后墙上玩着各式各样的手球，由于石块没有清扫过，反弹的轨迹捉摸不定，此外，那儿还有玩掷硬币的，把铜币放在直尺或油腻的小梳子的后端，在抛出之前，每一排的铜币都预先摆放好，让有竖琴的一面朝上。到处充斥着新闻瘾。新闻，不管什么新闻，如火焰般从一张口传到

057

另一张渴切的口中，在眼睛里得到细细的品味。"布鲁恩的母牛滚到排水沟里，找到时已经死了，仰面躺着，四脚朝天……""在哪里？什么时候？谁找到这头母牛的？它仰面躺了很久吗？那会把他们吓得却步。这种事，不管谁遇上都不是开玩笑。命运啊，让人经受这样的恐怖。""在考文垂一家被炸毁的工厂，四层楼高的地方唯一剩下的是一台缝纫机。""想象一下……四层楼的高度……一台缝纫机孤零零耸立在那儿一根暴露的大梁上……多恐怖……多吓人。"

忽然，战争结束了。大不列颠岛要重建。乡下的人倾巢出动，前往伦敦和卢顿。配合船期的火车满载乘客，谈论的是永无止境的加班。在英国待了几个星期后，曾经潇洒文雅的举止，因为摆脱了教会和习俗的刻板律令，渐渐变得喧闹、无常、粗俗起来。

在家乡，一个隐隐担忧的教会联合一门垂死的语言，宣布学习爱尔兰语将大大有助于抵御外来腐蚀人心的影响。装有长长转向柱、发出飞机低飞般声响的红阿尔及尔拖拉机——据说里面装的是德国梅塞施密特战斗机的引擎——开始取代马和马车。教会在俗人员在镇上开办了一所中学。"萨拉曼卡"，这座西班牙城市的名字，历经近一个世纪犹如查理足球场里出于防卫而迎风踢出的一脚劲球，重新在一片开阔的海洋上扬帆，变成阳光下遥远的尖塔，耸立在一座四面围墙的城市内。露天学校和穷书生的民族记忆被唤醒，男孩们，像一群群不定的鸟，骑着自行车，从村庄和偏僻的农场远道而来，攻读微积分、乔治·戈登和拉普拉塔河三角洲。

逆着这股潮流，辛克莱夫妇从伦敦搬到阿特康那栋空置的新教牧师寓所，那是辛克莱上校长大的地方，也是辛克莱太太，在身为一名年轻的军官妻子和母亲时，与她慈祥的公婆，老教士和他的第二任妻子，共同度过愉快之夏的地方。战后，这位上校勉强变成一个上班族，每天往返于温布尔登的家和内阁之间。他们的儿子在战争中阵亡了，他们的女儿嫁给了德拉姆大学的一名社会学讲师，有了两个自己的孩子。他们俩都想生活在乡间，当他们发现国教会财政管理委员会巴不得把那栋破败的牧师寓所交托给一位牧师之子，只收取一笔象征性的金额后，他们卖掉了温布尔登的房子，上校提前退了休。

牧师寓所修缮期间，他们住在皇家酒店，因为他们雇的是当地工匠，所以没有招人怨恨。他们搬进去后，庭院、花园和果园，就连围场白色的栏杆，都是他们亲手修复的。他们喜爱那栋房子。每年一过完圣诞节，他们就会去英国待上两个月。每年夏天，他们的女儿带着她的孩子从德拉姆来。每个星期四，他们到镇上大采购，买完东西后去皇家酒店喝一杯。一个星期他们在皇家酒店就喝那一次酒，但除了星期日，每天晚上九点整，他们的黑色捷豹车都会翻过桥，隆隆驶停在查理酒吧外面。那准时极了，以致人们开始在车经过时看起手表，就像邮车驶来、教堂钟响、远处柴油机车飞驰过大平原时一样。辛克莱太太从不下车，而是每晚坐在车里饮三杯杜松子酒补剂，收音机调到英国广播公司的对外广播频道，发动机在寒风中运转着。把酒端出来、从车窗递进去的人是上校，但他自己的三大杯黑布什米尔斯威士忌，则是坐在查理酒吧的前厅或雅座的大椭圆桌旁喝下去的。"在这样的一个夜晚，辛克莱太太进来坐在火炉旁岂不更加舒服些？"查理本人曾在一个天气恶劣、大风摇撼的雨夜提议，在他们开始于固定时间光顾后没多久。"不，查理。她不会愿意的。她们那一辈的女性从小就被教导绝不能踏足酒吧。"事情到此为止；虽然在几个星期里，这引来了好一番纷纷的议论，但没有人觉得好笑。

"他们是怪人。他们不一样。他们从小受的教育和我们不同。他们被送去的那些地方，炎热的气候深深影响了人。"

起先，深夜走进查理酒吧的酒客常常匆匆地从那辆车和妇人旁边经过，但后来，可以看见有人会在推开门前驻足片刻，仿佛在沉思那个难解的谜，妇人孤身坐在暗中饮杜松子酒，车里的收音机开着，发动机空转着，一如他们在河岸旁撞见水獭的进食处时会驻足一样，小小一片属于水獭的私人草坪，四散着淡水螯虾的青壳。

圣诞节后，当他们去了英国时，人们像少了一件熟悉之物似的惦念起那辆车，三月，当车又突然出现时，人们宣告："他们回来了。"既怀着宽慰，又有由衷的喜悦。

"迄今为止我们在这儿住了多久？我们离开温布尔登已经多久了？"随着岁月在辛克莱夫妇身上的累积，他们有时会互相发问。如今他们发觉自己必须数一数；一定有三年，不，四年，五年，我的天哪，生日和朋友的过世都像是划过天空的轨迹。

"岁月飞逝啊。"

"不过，那想必表示我们过得很幸福。"

友伴，他们似乎并不需要。偶尔，他们撞见和他们同一阶层的人，星期四在皇家酒店，等他们采购完毕后，镇上洋溢着集市的活跃热闹，一棵棵卷心菜用稻草捆着，摆在各个摊位上出售；可由于他们喝的酒绝不超过一杯，又婉拒打探式的邀请，不去喝茶或打桥牌，那些人最终对他们只剩心怀敌意的好奇。"这个冬天你们怎么过来的？""惨啊。泥浆都没到脖子了，我的乖乖。""可复活节主教要来。"通常，上校只是在查理酒吧的雅座独饮，和外面关在车里的辛克莱太太一样，不过有时查理会过来陪他喝一杯威士忌，假如酒吧生意不忙、查理太太没在四处巡视的话。他们会坐在桌旁，聊聊果树、蔬菜、威士忌，直到钟声响起或听见查理太太将要露面。有时，上校受到可疑的厚待，来自在外屋狂欢闹饮的一位本地神父、医生、兽医或律师，但假如他们醉得很厉害，他就把他的酒一饮而尽，礼貌地告辞。"我从不讨论宗教，因为宗教的根基是信仰——而非理性。"他们与人接触最多的机会是分送水果和蔬菜。他们种了很多，自己吃不完。有些是为偿还小小的人情，更常见的是出于亲近和偶然。

因为镇上的警长在换新一张持枪证上帮了忙，所以他们带着一大篮苹果来到警察营。那是警察营多事的一天，但这仅仅是说竟然有事发生了。那天早晨，有人送来一头被发现遗弃在路上的老毛驴。老毛驴肋骨毕现，蹄子有很多年没有修剪过了，膝盖折断、扭伤、划破，紫黑色的苍蝇成群结队地围着疮口。它虚弱得连草坪上的三叶草都咬不起来，一直躺在两个圆环形的花坛之间。他们在等待焚场的卡车，一辆老旧的、摇摇晃晃的绿卡车，驮着一个沉重的金属箱，好似拉石料的卡车，车身太宽驶不进营房的大门。

"假如我们能让它活着走上卡车就好了。那样可以省去用绞盘把它拉上去的麻烦。"司机说。

他们不得不从草坪上拽起那头驴子，推着，搡着，拉着那头无力反抗的牲口经过砾石地，从临时搭的坡道往卡车上走。

"你只要好好抓住它的尾巴就行。"

"我抓着它的头。它不会摔倒。"

"耶稣骑驴进入耶路撒冷。"

"换成这头驴，他骑不远。"

他们料想一旦他们在卡车上放开那头驴，它便会跌倒，可它站住了，一晃不晃，司机从驾驶室拿出人道屠宰器。在靠近头盖骨处，那金属尖角的后端被小锤轻轻一敲，它猝然倒地，比一张丢入火中的纸更悄无声息。卡车的尾板提了起来，横闩放落到原来的位置。有份凭证需要签名。

等卡车载着那头驴哐啷哐啷驶过桥后，警长和两名警员登记出发，进行已延误的巡逻。警员凯西留在营房值班，和他一起的是警长十六岁的儿子约翰尼。那几个警察骑着自行车一在桥上分道扬镳，凯西就朝男孩转过身："较量一盘怎么样？"

他们是朋友，经常在砾石地上一块儿踢球，互相带球过人，把开着的门当球门。两人里年纪大的警察球艺更高。在加入警队以前，他曾被格拉斯哥的凯尔特人足球俱乐部试用过，可一有陌生人朝警察营走来，他便会立刻中止比赛。比赛中间最让男孩恼怒的是他总会在人们办完事后试图把他们留住。他有一股永不餍足的新闻欲。

"我今晚不想踢球。"男孩说。

"你在心烦什么？"

"假如你逮到那头驴的主人，你会怎么做？"

"不是草草敷衍你，我们什么都不会做。"

"为什么？"

"我们手头的麻烦，光是自己找上门的就够多了。假如每件案子我们都严格依照法律来办，这乡下将有一半的人要上法庭，你知道那会使我们多受欢迎。"

"卑鄙。一头老毛驴，给某人拉了一辈子车，然后等它不中用时，就这样被扔在路上饿死。还有天理吗？"

"那是命。"凯西爽朗地说。他走进去，拿出一张休息室的黄椅子和《独立报》到外面的砾石地上，开始玩起填字游戏。他间或抬头，就那些单词提问求助，虽然男孩答得又快又利索，但那些回答并未引出更进一步的对话。

天气渐冷，在他们俩冷得都考虑进去时，他们听见一辆汽车从河对岸隆隆驶来。凯西看一看手表说："我和你打赌，是那位上校和妻子在去查理酒吧。我告诉过你吧。"当那辆黑色的捷豹车一现身时他说道，可转眼又愣住了。捷豹车没有继续径直朝查理酒吧行去，而是转下山冈，驶上两旁有桑树的短林荫道，停在了营房的大门口。凯西把报纸丢在椅子上，向前朝大门走去。辛克莱太太坐在车里，但上校下了车，从后座拿出一大篮苹果。

"晚上好，上校。"凯西敬了个礼。

"晚上好，警官。"那轻松凌厉的回礼让凯西的努力显得比实际可能的更加浮夸。"警长在吗？"

"他出去巡逻了，但他的儿子在这儿。"

"那也一样。你能把这些苹果连同我们的问候，转交给你的父亲吗？告诉他，持枪证收到了。"

硕大金黄的苹果，底下铺了一层绿叶，篮子边缘围了一圈小树枝，中间是红色的甜蜂巢和巴斯美两种苹果，摆成一个引人注目的图案。

"谢谢您，先生。这真漂亮。"

"什么？"这话让上校吃了一惊。

"这些苹果摆放的样子。"他红了脸。

"那是辛克莱太太摆的，不过我相信她大概从未指望会有人注意到。"

"您的篮子要拿回去吗，先生？"

"不用。你父亲可以改天顺路捎给我们。也可以留在查理酒吧。但过来，你一定得见见辛克莱太太。"男孩忽然发现自己来到了打开的车窗前。

"这个小伙子一直在称赞你摆的苹果。"上校满脸笑容。

"太客气了。谢谢你。"她说。

一头雾水中，他几乎不知道上校是怎么向他们道别的，在车掉头驶向查理酒吧时，他仍一动不动地站着，手里提着那篮苹果。

警员凯西伸手抓起一个苹果。"有一件事可以确定，你的话似乎正中他们的下怀。"可他心肠太软，不愿揶揄男孩，在咬了一口苹果后，他又说，"不管怎么摆，吃到肚子里都一样。那些人，大半生是在印度度过的。"

父亲巡逻一回来,男孩就把那篮苹果拿给他看。"这是谢谢你帮他们弄好持枪证。篮子不着急还。他们说我们可以改天送去他们家或者留在查理酒吧。"

"我当然得送去他们家。留在查理酒吧可不礼貌。"就在第二天,当他把篮子送还给辛克莱夫妇后,他心花怒放。

"上校和辛克莱太太对你赞不绝口。他们说他们从未料到在乡下这块地方会碰上如此有教养的人。当然那说明他们觉得乡下这块地方不怎么样。"

"我只是谢了谢他们。"

"他们说你点评了那些苹果的摆放方式。你无疑似乎变得自命不凡起来。我一直纳闷,我们说的是不是同一个人。他们想知道,等他们从英国回来后,你是否愿意抽几个小时去他们的花园帮忙。"

"帮什么忙?"

"打理花园的轻松活儿。他们会给你报酬。他们干的那些统统根本不算活儿。他们自以为是。那只是瞎忙。你觉得怎么样?"

"听你的。"他十分渴望去辛克莱夫妇那儿,他被他们吸引住了。然而,为了不打击父亲的热情,他小心地不把自己的这份渴望流露出来。

"反正,我们有充足的时间考虑。我的意思是去。假如辛克莱夫妇开始对你产生兴趣,你绝对不晓得前面可能会有什么。人生靠那样起步的人多过靠挑灯夜读的。"他忍不住数落起男孩学习到很晚的事,"可悲地浪费烛火和灯光。"

过完圣诞节的三天后,辛克莱夫妇去了英国,夜晚,查理酒吧门前少了那辆捷豹车,直到三月的第一个星期为止。他们重又现身的那个晚上,查理酒吧门上的铃铛一响,每个人心中一喜:"他们回来啦!"他们成了"老主顾"。那个星期六,约翰尼首次去了那栋牧师寓所。

那些活不重。他掘土,清理土壤,堆筑垄行,推车或搬东西。以前,除了和他父亲以外,他从未同谁一起在园圃里干过活,相比之下,为辛克莱夫妇干活的感觉棒极了。他们清楚地解释了每一项他们要求完成的工作,倘若他第一遍理解得不对,他们会和颜悦色地重复第二遍、第三遍,对妥善完成的工作总是表示满意。虽然起初他不适应那郑重其事的午餐,他们花足足一个小时来吃饭,但他们的关心备至、爽朗开怀,让他放松下来。星期六的那几个小时飞逝而过,实在太短了,他时常发现自己梦想着在遥远的未来,当他老去时,和一个像辛克莱太太这样的女子过上这样的生活。

夏日时光的车轮愉快地转动。种子破土而出,疏了苗。玫瑰和其他的花都开了。娇嫩的水果成熟了,辛克莱太太开始用大黄铜锅制作果酱。每个星期六,男孩回家时都满载着水果和蔬菜,那能够供凯西和他们自己两家人吃。

除了整齐奢华之外,他最喜欢那栋房子的地方是沉静。没有无聊的闲扯。讲出的话直接,有明确的针对性。在警察营,一只苍蝇飞过窗玻璃,吉米·法瑞低头推车朝桥走去,赶牛杖绑在车把手上,仅是这些就会引发源源不断的猜测和非议,尤其如果凯西也在场的话。"要是你能凑近那个'臭小子',你会听见他在数数,数他的牛和钱，数啊，数啊，数啊……"

秋天一个相较清闲的星期六，当他们在焚烧树叶、老木桩和断落的树枝时，男孩在上校面前感到无所拘束，问起他有关战争和军队的事。

"最好的战争是永不开打的战争，但为此你需要有一支专业的军队，精锐到任何可能的侵略者在发动战争以前都要三思而行。实际的战争肮脏卑劣，可一旦开始，军队就必须尽可能有效地完成任务。那意味着炸飞人们的脑袋。那绝不是一件赏心悦目的事。"

"你在前线打过仗吗？"

"打过。身为军官，必须做好准备，他把他的士兵送去哪里他就去哪里。无论民间怎么天花乱坠地谈论英雄壮举，那都是一件不幸的事。"显然，他无意给出绘声绘色的细节，在沉默了一阵后，他问："当你踏入这个罪恶的大千世界时，你觉得你想要做什么，约翰尼？"

"我不知道。"

"你总有一些想法吧，等你念完书后，你想要做什么？"

"取决于到时有什么。"

"到时有什么，这是什么意思？"

"看有什么现成的工作。"

"你有没有想过当兵——找一份军中的职务？"

"我不会有那样的机会。"男孩轻轻笑了起来。

"为什么不会？我以为你在学校成绩不错，特别是数学。"

"不是那个原因。我必须是运动健将，才有可能成为军校的学员。"

"加入爱尔兰军队吗?"上校由衷地笑起来,"四分钟一英里赛。"

"当然。还有什么别的……?"

"还有别的军队啊,"上校乐坏了,"你觉得英国军队怎么样?"

"一样,那肯定更加难进吧。"男孩再度轻声回答,确信那根本连想都别想。

"我曾在桑德赫斯特受训。有些人认为那是世界上最好的军事学院。假如给你一个那儿的名额,你会有兴趣吗?"

"当然会有兴趣。"他本人的应承似乎心不在焉,那如此不真实,几乎触动不了他。

"你对军旅生涯感兴趣吗?"

"一般,不是特别感兴趣,"男孩莞尔一笑,"但比起我在这儿有机会做的事,那估计更有意思。"

"你知道你有可能年纪轻轻就丧命或者身受重伤吗?"

"我知道,但那比坐办公室强。"

"军队里也有很多文职工作——不过想来你是有兴趣啦。"

"是的,上校,不过你得问问我父亲。一切取决于他的看法。"男孩想到父亲可能丝毫不会喜欢这个点子。这个不切实际的幻想必然到此为止。他父亲最自豪的岁月是独立战争那几年,当时他是一小队奔逃的士兵的统领。

阳光照在他们焚烧的树叶上,他去搬来辛克莱太太留下待烧的几筐叶子。这是他最喜欢干的活之一。他把树叶堆拢,退后,凝望着浓厚的白烟袅袅升到山毛榉树之上，若没有风，那烟就像云一样悬浮在静滞的空气中。

那一晚，上校和辛克莱太太谈起为约翰尼谋一份军中职务的想法。讨论后决定上校应暗中去校长那儿打探一下，看看那个男孩到底可以胜任几分。

那所学校和修道院的所在地以前是英国军队的兵营，但现在，高墙上开的是一扇教会的圆顶拱门，过去的训练场如今是一片草坪，种着几棵常青树、一棵丁香，白色的草坪砖，一条混凝土浇筑的小径从大门直接通往修道院的拱门。

本尼狄克修士一出来，他们就握手，互相自我介绍。上校说明来意后，修士领他走进一间宽敞的餐室，里面摆满桃心木制的家具，包了皮革，沉重的餐具柜上排列着一溜锃亮的银器。

"他每个星期六为我们干一点活。辛克莱太太和我对他印象甚佳，愿意帮他一把，假如可能的话。我们只是想知道他的才能如何。他是那种不太爱表现自己的人。"

"他是我们这儿几年来最出色的学生。"本尼狄克修士面露微笑。他来自南部，长了一张伶俐、俊俏的面孔。他戴着钢制无边框的眼镜，习惯时不时地用专门为此目的而掖在衣袖里的手绢擦一擦，擦拭完毕后把那副眼镜拿得远远的，同时掂量着事态或人。不戴眼镜时，他似乎总是面带微笑，可那笑容背后藏着小算盘。他对上校光顾查理酒吧早有耳闻，好奇得很，想会会他。他本人酷爱优良的威士忌，认为这是一个适宜的场合，可以搬出自己的酒。他从拴在腰带上的一大串钥匙里挑出一把小的，打开餐具柜，拿出一瓶知更鸟,倒了两大杯。"所以,自然,我们对他也有兴趣。我们的问题是那位老警长。他一个劲地试图逼迫约翰尼找一份用他的话说'有利可图'的工作。可他虽然性格文静,但不应该被低估。他善于在困境中求生,慧黠得很。和乡下的其他人一样,他有逆来顺受的本领。他满腹不情愿。"

"他无疑对参军似乎表现得很积极。"

第二杯知更鸟下肚后,上校心满意足地告辞,开车径直回那栋牧师寓所。

"那个孩子和我们猜想的一样聪明优秀,"他告诉辛克莱太太,"他的校长原来是个非凡出众的人。"

"在什么方面?"

"哦,聪明、儒雅、得体,事实上,很聪明。是那种你有望在军中高层碰到的人。他收藏了一瓶极佳的威士忌。圣诞节我们千万别忘了送给他一瓶黑丛林。他们在那地方似乎生活得一点都不赖。"

那晚,辛克莱夫妇提前半小时离家去查理酒吧。他们无须一路开到营房门口。警长正在那排桑树丛里挖土豆。当他看见捷豹车在林荫道上停下时,立刻爬到围墙上,身体倚着支起的铲子,对夜间的劳作受到这不期然的打断而喜上眉梢。

"刚好在挖点土豆,"他对下车的上校说,"真正预示着这一年快过去了。"

"这些土豆似乎也很不错。"上校回道,随即开始陈述他的提议。

起初,警长笑眯眯地听着。依稀中,他一直觉得搭上辛克莱夫妇会有好事降临。很快,事情明朗起来,提议的根本不是什么好事。他不是一个会从麻雀坠地中找寻抽象道理的人。假如那股小小的气流干扰旨在赢得片刻的注意,那么他会立刻想要知道,这会对他或更广义上的他自己,即他爱称之为的"我的家庭",产生什么影响。等上校讲完时,他气得说不出话来。

"那表示他念完出来会变成一个英国军官,是吗?"

"一点没错。当然,前提是他被录取,并且成绩令人满意。"

"他不可以。"他激动得差点讲不出这几个词来。

"他似乎没有反对这个主意。"

"他不能去。就这样,不必说了。"

"既然如此,那好吧。很抱歉打扰你。再见,警长。"

望着那辆黑色轿车往回驶出林荫道,转弯,曲折地绕过通往查理酒吧的桥,警长不知道该拿什么出气。他没有动,直至那辆车消失在邮局后面。接着,他骂骂咧咧的,用铲子捶打起垄脊的侧边,直到感觉手柄裂了才停下,意识到从那条路上经过的人可能会看见他。没有人经过,可即使有,他也还是可以假装他是在追打垄壑间的一只老鼠。

警长等到营房的勤务兵回来值班、休息室的门再度关上后,才去找那个孩子。

"我听说我们即将有一个年轻的英国佬供我们差遣,而且是一位军官加绅士,不是那种一听到有战争就冲向火车站的普通爱尔兰傻瓜。"他讲出这番开场白。

"是辛克莱上校提出来的。我告诉他,他得问你才行。"

"我听说你挺赞成那个主意的。"

"我说了必须先问问你。"

"既然这样,好吧。我有消息要告诉你。不管桑德赫斯特要不要你,你都不准去,我真怀疑大帝国是否有那么缺人。鉴于此事,这个星期六,以后的每个星期六,你都不准再去辛克莱家。我从一开始就犯傻,竟同意让你去。行了,你有什么要为自己说的?"

"我说我不去了。"男孩说,失望和愤怒让他几乎讲不出话来。

"假如你想说,可以把这句话再说一遍。"父亲拂袖而去,对自己大动干戈所做出的杀伤性禁令深感满意,他的自尊心完全恢复了。

接下来的那个星期六,辛克莱夫妇慢慢用着早餐,拖拉了很久,但到十点半,上校站起身:"他不会来了。他向来很准时。有人不让他来了。"

"他有可能生病了。"辛克莱太太说。

"那未免太巧了。"

他们照常准备打理园圃,可谁都没有心思干活。他们不知不觉靠近对方,直至辛克莱太太苦笑着说出他们一直在逃避说的话:"这让人痛心。"

"是的。的确如此。"

"问题就在这儿。我们忍不住动了感情。"她平静地补充道。这是超脱人世的尽头,为此他们经历了太多,可这些细小的伤痛似乎和以前过去了的伤痛聚合起来,形成一股令人心灰意冷的重压;

她,仿佛读出了上校的心思,打了个完美的圆场,说:"我们何不别管园圃了?我知道我们有条规矩,白天不喝酒,可我想我们今天可以破例一回。我保证努力煮一顿格外丰盛的午餐。"

"喝什么酒呢?"他问。

"红酒。"她立刻说。

"我想这件事的教训是我们应该顺其自然,别多管闲事。"他说。

"我始终心存怀疑,但我想,我希望那些怀疑不是真的。首先,我其实不认为我们有办法能把他弄进桑德赫斯特;可就算我们有,那也只是他麻烦的开始——他各方面的背景,最重要的是他的口音。光是想想就令人绝望。我们来做午饭吧。"

那天上午,男孩在警察营外的砾石地上游荡。又轮到凯西在营房值班。其他人都出去巡逻了。看完《独立报》后,凯西走出来,到砾石地上陪男孩。

"这想必是许久以来你没有去上校那儿帮忙的第一个星期六。"警员凯西温和地、试探地问道。

"有人不准我去。"他的语气中带着公然的怨恨。

"我猜以后没有免费的水果和蔬菜了。我听说他们扬言要把你变成一个英国军官。"

"我才不会介意呢。许多人离开这儿,去英国打工。"

"你父亲绝对不会容忍这一点的。你真的必须出生在那个阶层的人家里才行。你永远找不到靠吃麻雀为生的旅鸫。"

"警长晚上要出去巡逻吗?"

"我得看一下。"

约翰尼跟随着凯西走过休息室空心、刷洗过的木地板,警察在大开本的执勤簿里查询。

"有。六点到九点。往克罗斯纳的方向。"

那和上校家是相反的方向。他会趁那几个小时去一趟牧师寓所,解释他为什么没有去帮忙,事情是怎么收场的。

刚过六点,一等警长的身影看不见,男孩就往桥上走去,拿着一根榛木做的鱼竿。虽然这时候去钓河鲈或拟鲤这样的小鱼未免太晚,但他可以说他抛出钓线是在进行某项实验,为了好玩;但一过了桥,他便把鱼竿藏在一堵墙后,朝田野走去。他连跑带走,又跑,爬过石墙,一路远远避开那些农舍,不久便来到那栋牧师寓所的近旁,他绕了一圈,穿过后面的果园往里走。他只顾担心不要让人看见他到这栋房子来的行踪,以致当他发现自己站在厨房窗前,望着里面坐在大桌旁、手持葡萄酒杯的上校和辛克莱太太时,慌神得险些记不起自己此行的目的。他们全神贯注地沉浸在他们的谈话中,他不得不轻敲窗户才引起他们的注意。他们俩起身让他进屋。

"不是我的错。假如他允许的话,我今天本来会照常过来的。"他虽然竭尽全力,但还是抑制不住突然抽泣起来。他们给他时间平静,辛克莱太太为他倒了一大杯覆盆子甘露汁。

"当然不是你的错。绝对没有人会这么想。"辛克莱太太把杯子放到他手里,轻抚他的头发。

"事实上,全是我们的错。我们的提议搅乱了一切,"辛克莱上校说,"我们没有把事情考虑周全。"他不知道有什么可以给男孩的，心里清楚他不会接受钱，他绞尽脑汁，突然灵光一闪，上了楼，取来一本自然史的书，那曾是他们儿子年少时最喜欢的书。他先征询了妻子的意见，妻子点头赞同后，他把书给了男孩。"这是一点我们想要给你的东西。我们本打算在圣诞节送给你的。"

纵然收到礼物，可他明白一切都结束了。在那份和蔼却坚决的态度中，眼前的辛克莱夫妇比上校来警察营送苹果的那天晚上更加疏远。那一晚打开了一个世界；如今这个世界默然落下了帷幕，而且更为彻底，因为它连一丝激烈的痕迹都没有。

面对辛克莱夫妇始终不是一件易事。他清楚表明了自己的立场，从而感觉卸下了担子。他走到桥头，从墙底下拿出榛木鱼竿，醒目地握着，把书藏在外套里面。他没有遇见任何人。没有自行车靠在营房的墙上。巡逻的警长还未回来。他正要进去找凯西，这时发现里面已经有个人，一个高高的年轻人，赤脚靠墙立着，头上顶着测杆，凯西正在调节高度。

"你的身高到了，没问题，至少有五尺十一寸半。现在举起你的手臂别放下，我们看看你的胸围尺寸是否也合格。"

"我够的，没问题，凯西警官，"年轻人忐忑地笑起来，"但我最害怕的是爱尔兰人。"

"你一点都无需害怕。我是少数几个能流利讲两种语言的警员之一，自幼最纯正的西部口音，我连一门语言的四分之一都没用上过，所以你不必担心爱尔兰人。"

孱弱的太阳正渐渐落到奥克珀特树林后面。只有湍急的河水在流动。再过一个小时，辛克莱夫妇的车就将驶过桥去查理酒吧。然后再过一个小时，警长就将结束巡逻回来。当时那似乎就是整个无休无止的世界。

此后的几年中，在人口依旧不断外流的乡间，罗金厄姆庄园的焚毁从所有其他事情中脱颖而出。在那个令人惊异的夜晚，一切都被照亮了，从整座湖和湖上的岛屿一路延伸至洛卡顿峰和麻鹬山的头几片斜坡，通往博伊尔的山毛榉大道，庄园大宅后面的树林，和树林之上的高平原，火光甚至窜向大草场。那三百六十五扇窗户的玻璃全碎了。屋顶塌下来。据说下落不明的无价珍宝中有一张摇椅，可以当作雪橇一样拖拉，扶手上刻有精美的睡豹，是圣彼得堡杰出的德国工匠为凯瑟琳大帝所制作的三张摇椅中的一张。大宅俯瞰湖与岛屿的正面部分只剩下恢宏的壳体和入口，如今光秃秃地迎着天，在强风中岌岌可危。仅有挨着下陷的网球场、位于地下室一角的仆人房逃过了大火。塞西尔·金-哈蒙爵士和夫人，那个星期正在纽马克特镇的一岁赛马拍卖会上频频亮相入镜，他们当即赶回家，包下了皇家酒店的一层楼。

事情闹得沸沸扬扬。当地常见的各种可疑的小火灾全遭淡忘：浇了煤油、摇摇欲坠的农舍；一根点在马口铁容器里的蜡烛，上面是浸泡过的破布和木头，门窗紧锁，白天主人离家去了镇上。在蜡烛燃尽所需的六个小时里，他们会到镇上的各家商店和酒吧，确保有人看见他们，然后在夜色中回家，发现屋子烧得正旺，获得保险金的前景一片光明。

没有一栋房子的保险金额比基湖上纳什所建的那栋大宅更可

观。怀疑和在这风水轮流转中嗅到权力味道的等级旧恨，足以激发警长投入隐秘却积极的调查。有存在疏忽大意的地方。六个星期前刚雇用的一名管家，是加拿大多起纵火案的嫌疑犯。那晚火灾发生以前，仆人房里在举行一场狂欢酒醉的派对，喝的有香槟和罕见的白兰地。有风言风语。警长把这一切列为初步证据，请求准许展开正式的盘查。他当即收到警告。塞西尔爵士是国务顾问之一。当警长执意坚持时，他接到被调往多尼戈尔的通知。对此他以辞职来反击。他已经到了够资格领取减额养老金退休的年纪，一座十二英亩的农场上市出售，它曾经是罗金厄姆耕作园的苗圃，外加一栋石屋，历来是罗金厄姆庄园园丁首领的住所。他将此买下，离开了警察营。它就坐落在庄园围墙外，墙上有一扇小铁门，一条马道从那儿通向罗金厄姆大宅。据说罗金厄姆宅邸的各种各样的女士，在为宅邸花园挑选植物时，都会使用这条小道。苗圃里到处疯长的从中国和印度运来的令人惊羡的奇花异草对警长而言毫无用处。他购买了几头奶牛和一台拖拉机，开始把牛奶送往乳品厂；开辟了一块地来种土豆，每到收获季节，就要为了他那四分之一英亩的燕麦田，和庄园林地飞来的鸽子打一场必败的仗。这与他童年时过的生活一模一样。

那一年，阿特康新教牧师寓所的玫瑰园里举行了一场小小的仪式，就算没有大火，也一样不会有人注意。久病的辛克莱太太在伦敦一间诊所过世了。她要求把她的骨灰撒在"那栋亲爱的房子"的玫瑰园里。上校、他的女儿女婿和两个外孙，把骨灰从伦敦带来了。在一个风雨交加的下午，女儿从骨灰瓮里捧出骨灰。她的动作战战兢兢，有一些骨灰粉末反吹到她的脸上，粘在她的头发和衣服上。那晚他们全住在皇家酒店，第二天，女儿一家回德拉姆去了。

他们一走，上校就打开了那栋房子的门。但当晚他没有去查理酒吧，而是去了皇家酒店，之后就一直如此，和以前同辛克莱太太出发去查理酒吧一样，定时而有规律。罗金厄姆的林地卖了。锯木厂建了起来，令大家意外的是，上校成了麦艾尼什锯木厂的经理。一开始时，他不受工人们的欢迎，他坚持要求严格遵守出勤时间，那与当地人散漫的来去观念相冲突，每个人每迟到十五分钟就罚扣一个小时的薪资；但他办事公允，据说慢慢地他对锯子和机械的了解就不亚于林中的任何一位技工，而那家锯木厂成了各家锯木厂里效率最高、气氛最和乐的。虽然他总是保持冷漠疏离，但他和他的工人之间逐渐建立起一种未说出口的忠诚。

那年平安夜，辛克莱上校在博伊尔买了一只小火鸡。那是他过节唯一缺少的东西。家里有水果、葡萄酒，温室里还有几棵生菜。接着他去街上溜达了一圈。辛克莱太太以前非常喜爱这座小镇。那是一个月明、晴朗的夜晚，一串串圣诞灯爬向新月广场钟楼顶上的那颗星星，显得更加明亮。镇长杰拉德·多德已和罗金厄姆庄园的人一同站在了钟楼的纪念石墩上。上校心中没有异议，却也对此莞尔。点名时，夹在石墩上数量庞大的斯塔福德氏和金-哈蒙氏之中，杰拉德·多德的名字具有一种迷人而无辜的冒犯不尊的效果。金-哈蒙氏的人肯定不会赞同。斯塔福德氏的人估计已经震怒。在河对岸，过去英国军队营房的破碎的屋顶上结满了白霜。从一个壁炉架里长出一株接骨木。低浅的河水溢满了，从平缓的拱桥下冲过，经过皇家酒店的白色围墙，一路向基湖奔流而去。在他周围，人们互相拍拍背和肩膀。空气中弥漫着浓浓的圣诞快乐的暖意。上校走得很慢，他徜徉在人群之中，但又置身于这兴奋之外。他亲切地和几个邻居握手，手触帽檐向女士致意，祝他们圣诞愉快。他和他锯木厂的工人握手，可他既没有主动提出请人喝酒，也没有人要求他如此。

到了皇家酒店，脱下他的旧巴宝莉外套时，他从镜中瞥见小听差在他背后做鬼脸，可他并未放在心上。他老了，这个小听差没有他的小费也可以过活。他独自坐在临河的一扇窗旁，点了烟熏三文鱼配黑面包和半瓶白葡萄酒。

节后的第一天早晨，他没有出现在锯木厂，工头和一名工人去了牧师寓所。钥匙插在前门里，可没有人回应他们的敲门。他们发现他就在门里面，在楼梯脚下。厨房里，大桌的上首摆了两个餐位。有一对套着银餐巾环的餐巾和两个葡萄酒杯，放在日常用的刀叉旁边。一只小火鸡躺在炉子旁的烤盘里，涂了猪油，塞了填料，正待烘烤。一棵没有洗过、渐渐干蔫的生菜立在水池的台板上。

就像消停了一段日子后有人宣布结婚或怀孕似乎会刺激此类事件骤然增加一样，警长的提前从警队退休也是如此。紧随其后退休的是警员凯西。他对种地没有兴趣，用他的退休金当定金，在斯莱戈买了一间屋子。在那儿，他找了一份在一家小面包店当庭院杂务工的活，极乐岁月开始了。他的机敏、天生的和善、对周遭发生的一切皆感兴趣的热情，使他立刻受到大家的喜爱。起先人们没有察觉到的是他对新闻永不餍足的渴求。有几辆送面包的货车远远驶至那座警察营,他对自己服务了大半生的地方和人感兴趣,这似乎再自然不过。事实上,这些货车司机把他的兴趣当作一种巴结的表现,暂且驱散了他们每天开车送货的单调乏味;但后来人们发现他对从未见过的人、从没去过的地方也几乎一样感兴趣。经过一段不算长的时间,他详细掌握了所有货车的路线和人生比较多姿多彩的店主的性格,甚至包括一些人生没什么色彩的店主。

"一个十足的孩子。没有头脑。对新闻着了魔。"人们就这样仁爱地纵容这份痴狂,"应该把他喂个饱。讲一大堆谎言给他听。"可他似乎能够准确无误地分辨出什么是事实、什么是恶意的编造。

"星期天可真漫长。闲着没事真难过。"

凯西警员保持着年轻人一般的步履和神态,持续至七十好几,并一直在面包店工作。一个下雨的早晨,只是在穿过庭院去开门时跌了一跤,那竟然敲响了终曲的前奏,摔断的髋骨无法痊愈。多年来,他和他的家人已越来越不习惯彼此。如今他们发现对方的陪伴是一种负担,眼看除了他的精神外,一切都在走向衰退,他显然不可能康复,他们一致同意他在地方医院将得到更好的照料,这使他和他的家人都松了一口气。之后他的家人,通过教会的关系,为他在都柏林圣约瑟夫临终关怀医院觅得一个床位。正是在那儿,警长的儿子去探望了他,他听说他寂寞,无人陪伴。

"如今他们反正基本都走光了,愿上帝宽恕他们。我就是芬尼亚勇士团里最后的勇士欧辛。"他哈哈笑起来。

"你难道不认为,如果他们受宗教的浸淫如此之深,他们本应该会赶这么远的路来看你吗?"这是公然批评他的家人。

"不，一点也不。那太远了。"他抬起手，仿佛要抹去那份严厉之色，那在面对心灵这个宏大的话题时似乎带上了一种不客气的道德口吻，"没有一个心智正常的人会如此不远千里，来追随落败的队伍。这是一支败军。"他又开始笑起来，但因咳嗽而被迫止住。"不过，我什么世面都见过了。"他在缓过来后说。

第二年，约翰尼获得奖学金进入大学，证明本尼狄克修士向辛克莱上校所述的他的才能并非虚言。

"你会和乡下其余的人一样——读书读坏了脑子。"这是父亲冷淡的反应，此后的几年中，他们极少见面。放假时约翰尼留在英国，在伦敦周边的工地和罐头厂打工。优秀的本科成绩使他得以进一步让父亲不解，毕业后继续深造攻读心理学。获得博士学位后，他留校当了讲师。而后他受到新成立的电视台的聘用，先是担任顾问，后来他制作了一系列纪录片，讲述爱尔兰生活的黑暗面。这些纪录片在引发争议的同时，也为他赢得了一定的知名度：有些人认为那是严肃的作品，制作精良，逼人直视，把亟须曝光的事呈现出来；可另一些人坚称这些片子缺乏幽默感，病态，局限于狭隘的视野，更多揭示的是个人的执念，而没有真正反映生活或总体爱尔兰人的生活。在这期间，他几度试图与父亲和好，但那比以往更无济于事。"假如要有公正或自由，就必须有规章法则。"他们最后一次碰面时他争辩道。

自大饥荒以来乡下人口外流最严重的浪潮出现了逆转。如今几乎没有人去英国。有些去了的人返乡继承遗产，并留了下来。星期天的傍晚，老人在巷弄尽头等待接他们去教堂玩宾果游戏的小型公共汽车。大多数人家都有一辆车和彩色电视机。自行车和马儿，运货的马车、双轮轻便马车和双轮敞篷轻马车，从路上消失了。一辆黄色的大公共汽车送萌芽中的博学之士去镇上的学校，上大学不再是不寻常的事。邮车是橘色的了。仅有一名警察住在警察营，配有一辆巡逻车。

离乡去美国和大不列颠各地的那股浪潮，如今最远只到生机勃发的都柏林，每周五晚，挤爆的公共汽车载着这些异乡人回家。在乡间的日光里过几天空闲的日子，他们觉得神气起来了，直到星期日晚上同样的公共汽车把他们载回到合租的公寓或卧室兼起居室的单间。

因为潮湿，村里的教堂安装了蓄热型加热器，可湿气没有放过石灰岩。蔽日的深绿色常青树受到责难而被砍去，教堂庞然惊人的丑貌一览无遗，四周是教区各位前任牧师的墓石，外面低矮的围墙划割出亨利地的一角。湿气仍没有放过石灰岩，可尽管如此，每个星期日教堂里都人满为患。

和在其他教堂一样，如今这位牧师正视民众，承认他们是个谜。他是一位年轻的牧师，告诉他们，上帝站在他们一边，希望他们有小孩，有一间幸福的小屋、一辆车，还有彩色电视机。天堂就在我们身边，地狱在我们自身内部，只需片刻即可驱除。许多教徒在整个圣餐礼的过程中相互聊天，阅读报纸。讲话用的是英语，人人听得懂。全体教徒发出回应。当祭台助手的男孩穿着猩红色的法衣、披着白斗篷，跪在圣坛的台阶脚下，摇铃，侍候牧师，可他们不用再学拉丁语。

牧区司铎住宅门庭冷落。这位年轻的牧师很少在那儿，也没有管家。晚上，他若不在教堂监督为募款而举办的宾果游戏，便是到当地酒店抱着吉他自弹自唱，在游客中引起轰动。他很少一身黑衣，或戴教士领。为了表明那对他多么毫无意义，一个轻松愉快的夜晚，在阿罗湖旁的一家酒店，他从脖子上摘下教士领，丢进了汤里。当那条白色的塑料片在欢笑声中被捞出来时，人们发现那是日本制造的。

一位政客住在村外，曾经拥向司铎住宅的人潮如今转去了他那儿。某些晚上，他开设"讲习班"。他大做广告。有讲习班的夜晚，经过他住所的那条路上可以看见排着一列车队，有好几百码长，车里开着收音机。天冷时，发动机转动着。没有人再认为那是浪费。他们前来寻求补助，试图让酒后驾车的判罪一笔勾销，获取免费的医疗卡、疾病津贴，请求把已对他们造成不利的规划申请决定推翻，给孩子找工作。由于他们都有投票权，所以从未有人叫他们"滚"。

新教徒全走光了，可位于阿特康的教堂依旧每年开放一次。如今无人到场。曾有人提议，要把那著名的珀泽彩绘玻璃窗拆下来，装到北爱尔兰一座正在建造的新教堂里。由于捐赠所附的条件，这项提议无法实施。那些玻璃窗一直未见遭人破坏。

塞西尔·金-哈蒙爵士和夫人在都柏林外买了一座种马场。土地委员会接管了那片庄园，将之划分成农场，保留了紧邻宅邸周边的园圃、林地和小径，建为一座森林公园。没了屋顶、只剩下壳体的小教堂矗立在停船的棚屋旁。里面,情侣在石头上刻下他们的名字。整个夏天,游船载着一日游的游客,航行在湖和湖上的岛屿之间。纳什所建的那栋宅邸,高大的壳架俯眺湖水,耸立了好几年,最后因判定有危险而给炸毁。取而代之的是一座灰暗的混凝土瞭望塔,即使在太阳下依旧显得冰冷潮湿。

晚上,整个乡间,家家户户的电视机发出奇特而流动的光,比多年前圣心图前点的小红灯分布得更广。

警长的儿子带着一班电视台工作人员来拍片,那套系列片名叫《属于我自己的地方》。此时的他比他父亲第一次走进那座警察营时年纪更大。工作人员宿在皇家酒店,第一晚,他们邀请那位牧师共进晚餐,以抵消拍摄期间可能遭遇的任何敌意。由此可见制片人对这个地方有多孤陋寡闻。他应该邀请那位政客才对。

翌日上午,光线很好,他们决定先拍摄阿特康那栋古老的、乔治王朝时期风格的牧师寓所。他们希望从那儿走到新教教堂和金-哈蒙氏的埋葬地,若光线一直好的话,再去村里。如果可以一天全部拍完,他们的进度会很顺利。他们在林荫道的山毛榉树下架好摄影机和麦克风,他曾在那儿愉快地为辛克莱夫妇烧过树叶。那将是一部沉闷的片子,里面没有人,他所感兴趣的人都死了。

"第二遍,镜头一。"场记板放了下来,女场记员举起她的秒表。警长的儿子开始徐徐走过那条杂草丛生的林荫道,进入镜头。

"战争结束后,辛克莱上校和他的妻子从伦敦返乡,搬到这栋牧师寓所。他的父亲以前是该地的教区牧师。他们初抵时,这儿想必和现在看起来差不多。他们将屋子、花园、果园、围场和草坪修缮一新。我相信他们在这儿过得很愉快,可如今这里又是一片荒芜。"

镜头慢慢摇离叙述者,转向那栋房子,又继续沿着早已不复洁白的栏杆,在静默中发出平稳低柔的移动声,纵有摄影师的巧手,收入的亦仅是镜头前的景物:流连于落在树下被人踩踏过的草坪上的那阵亮晶晶的樱桃雨,围场栏杆上剥落的白漆,铁矿山氤氲青黛,在天际下向着北爱尔兰绵延而去。

塞拉利昂

"我想你的朋友不久就会到了。"酒保一边说一边举着擦亮后的玻璃杯对着灯。

"如果雨不是太大的话。"我说。

"今晚天气真糟。"他打了个哈欠,雨水流过锦绣公园的音乐台和小树,沿着长长的窗户淌下来。

她进来时几乎看不出有淋雨的迹象,揭下盖在黑色秀发上的围巾。"你似乎躲过了雨。"酒保满脸堆笑地招呼她。

"我恐怕有点奢侈,叫了出租车。"她说,用的是她在紧张或为制造效果而假装糊涂时那种飞快的语速。

"你想喝什么?"

"热威士忌,会不会太麻烦?"

"一点也不麻烦。"酒保微笑着提起电水壶。我移了一下桌子,挪出空间让她可以坐进角落,靠着涂了清漆的隔板,旁边,壁炉里烧着小小的炭火。传来水沸的声音,丁香和柠檬的芳香飘了出来。当我起身去吧台拿那杯热酒时,酒保打了个手势,表示他会把酒端到炉火旁来。

"这把匙子其实是为了防止玻璃杯爆裂"——我朝桌上她面前

热气腾腾的玻璃杯点了下头。想用这点殷勤套近乎,那没戏。几个月来,我挫败了他试图结识我们的各种努力,我们选中加夫尼就是因为这儿偏远僻静,我们必须偷偷摸摸见面。都柏林这座城市太小了,连吐露我们的名字都不行。

"这是刚收到的。"酒保刚重拾起擦亮酒杯的工作,我就把电报递给了她。是我父亲发来的,说有急事要我立刻回家。她一言不发地读了电报:"你打算怎么办?"

"我不知道。我想我得回家一趟。"

"上面没有讲为什么。"

"自然没有。他从来不给人余地。"

"有可能是很严重的事吗?"

"不会,但不去的话,我心里总会有疑虑,也许真的是急事呢。"

"那么,你打算怎么做?"

"去吧,我想。"我惴惴不安地看着她。

"那么我们可怜的周末就告吹了。"她说。

我们同岁,认识已有很多年,以前交情浅浅。我第一次遇见她时她和杰里·麦克里迪在一起,他是一个五十出头的政客,在郊区有妻子和家室,全城人都知道他是出了名的风流之徒;但到我认识他时,别的女人都消失不见了。走到哪儿,都是这位黑头发的杰拉尔丁陪着他,他似乎终于坠入了爱河,在他年老的时候,甚至到了危及自己事业的地步。我曾觉得她青春可爱,为她惋惜,可我们并未有机会认真了解彼此,直到古巴危机那个晚上。

那天晚上,城中人人自危,安静得简直不真实,街上和脸上都写满噤默。我在格拉夫顿街一带从一家店漫步到另一家。窗户里的每一台电视机上都在播放苏联舰船仍在向古巴进发的画面。我们正走在世间最后一个宁静的夜晚,之后世界将被大火吞噬,这种气氛越来越浓。"情况看来不太妙。"我的身旁闪过她的笑声,当时我正站着,盯着屏幕上无声驶过的舰船。

"不太妙。"我转过身,"你怕吗?"

"我当然怕。"

"你知不知道,这是我们第一次单独见面?"我说,"杰里呢?"

"他在科克。参加一个会议。一个像我这样放荡的女人不能出席的会议。"她发出短促、挑逗的笑声。

"那么,你何不来喝一杯呢?"

"乐意之至。照目前的事态,就算我一个人,我也在考虑要去喝一杯。"

酒吧里有一种我从未体验过的静寂。挂在角落高处的电视机上每次有最新短讯传出来,大家都从他们喝的东西上抬起目光,然后带着明显的释然再度低头对着面前黑蒙蒙的啤酒。

"有人问耶稣会会士,假如离子夜还差五分钟的时候他正在打牌,突然得知这个世界将在子夜时分终结,他会怎么做——一个老掉牙的故事,现在真正的考验来了。"我一边说,一边把我们的酒端到酒吧深处一个角落里的桌上,那里看不见电视机屏幕。

"他会怎么做呢？"

"他会继续打牌，当然，以此说明万事万物都是平等的。要紧的只有爱。"

"那真是一个老掉牙的笑话。"她举起酒杯。

"说来奇怪，我一直想约你出来，但没想到是在这样的情形下。我一直觉得你很美。"

"你为什么不告诉我呢？"

"你和杰里在一起。"

"你还是应该告诉我。我相信换成杰里，他在追女人时，绝不会拘泥于那么多细节。"她笑起来，然后温柔地补充道，"事实上，我以为你不喜欢我。"

"不管怎样，今晚我们出来了。"

"我明白，可不知怎的，这令人难以置信。"

不真实的是这份静寂，舒适地坐在椅子里，手里拿着酒，屏幕上，舰船在身后留下一道白色的尾流。我们置身于死囚牢房，在等待缓刑或处决，只是这一次，牢房是整个世界。我们束手无策。消亡的发生，将简单得像打开或关掉一盏灯泡一样。

她的头发在灯光下闪出藏青色。她的肌肤红润如成熟的果实。雪白的牙齿在她微笑时熠熠发光。我们曾向着最美好的岁月努力奋斗；如今那岁月等待着我们，在我们即将走入时，一切将化为乌有。在因恐惧而导致的无所忌惮中，我把脸凑近她的脸。我们的嘴唇碰在一起。我把手放在她的手上。

"杰里今晚回来吗？"

"不。"

"我能在你那儿过夜吗?"

"假如你想要那样的话。"她的嘴唇再度触到我的脸。

"那是我唯一可以企盼的——除了,也许,希望能有一个更好的时机。"

"那么,我们还等什么?"她温柔地说。

我们走过圣史蒂芬公园,那儿已经关门,围栏里面阒静无声,一路上我们寡言少语。当她说"我好奇,在我们走过公园的那几步路之际,五角大楼的人在干什么?"时,这似乎更像是沉默的一部分而不是任何的讲话。

"我们无从得知,可能是幸事。"

"我希望他们有所行动。那太不值得。所有这一切都将走向毁灭,也包括我们。"

"我们在一起就够了。"

她转动钥匙,走廊的墙上靠着一辆自行车,不知怎的,它使楼梯和铺了油地毡的走廊显得更加空落。

"这是楼上那个男人的,"她朝那辆自行车点了下头,"他在公交车上工作。"

那间公寓又小又乱。

"我一直以为杰里把你包养在更气派的地方。"我随口说道。

"他没有包养我。这个地方是我自己付的钱。他一直要我搬,可我绝不愿意放弃我自己的地方。"她严词厉色地说,可她的脸板不了多久,又开始笑起来,"反正他每次不到天亮就走。他在另外那个家吃早餐。"她关掉照在凌乱的床和椅子上的灯,投入我的怀中。那一晚来得如此紧张突然,让我们无所欲求,只想躺在彼此的怀里。当我们在转身准备各自入眠前做最后一吻时,她低语:"夜里假如你想要我,别担心,叫醒我。"

苏联人的舰船停下了,驻扎在古巴的外海上。第二天早晨,她在房间角落水池旁的小煤气炉上煮咖啡时,广播这么告诉我们。危险似乎即将过去。世界重又恢复了呼吸,原本相信世界危在旦夕的念头,显得愚蠢可笑。

杰里将于那晚从科克回来。我们接吻,约定这一天不再见面,但明天五点,在锦绣道的加夫尼酒吧碰头。

等我离开时,走廊里的那辆自行车不见了。迎接我的这个早晨,和平时的都柏林一样,潮湿而寒冷,世界几乎已回归日常。昨晚面临威胁时我们梦想的假如幸免灾难、我们可以如何充分利用这个世界的种种想法,如今皆已遗忘,存在于我们周围的一切,再度呈现出单调乏味的充裕丰足。

"杰里有没有注意到或怀疑什么?"我们见面时,我把身子探过加夫尼酒吧的炭火问道,在有过肌肤之亲后第一次单独约会,我们俩都羞答答的。

"没有。他谈的净是古巴的事,显然,他们也一样害怕。他们整晚没睡,在宾馆不停地喝酒。他宿醉得可厉害了。"

那晚,我们去了我的住处,她以沉着冷静的姿态,毫不顾忌地献出她的身体,把它当作一份礼物,没有一丝忸怩。火光在上了锁的房间的墙上跳跃，我说："古巴的事已经过去。这是第一次，只有你和我。"但照我的愿望，事情来得太快；"我本该能多克制一点的。"可她用双手捧着我的脸，把我的脸往下按。"放心。很快，下一次，你就不会为此苦恼了。"

"你和杰里最初是怎么认识的？"为了掩盖沉默我问道。

"我的父亲和政界稍有瓜葛，他跟杰里交情很好；后来我的父亲过世了，当时我就读于埃克尔斯街的修女学校。杰里似乎操办了葬礼的大部分事宜，对他而言，在学校放假的星期六下午和星期日带我外出，似乎也成了顺理成章的事。"

"你知道他的名声吗？"

"每个人都知道。那让他变得既危险又迷人。有一个星期六下午，我们去了巴格特街旁边一间阁楼上的公寓。那想必是他临时借来的，因为此后我再也没去过那儿。我很傻。我几乎什么都不懂。我以为只是和一个男人躺在床上，仅此而已。我记得那是一个下雨天。那间公寓位于最顶层，雨水一直响亮地敲打着屋顶。事情就是这样开始的。从那儿，从那时起，延续到了今天。"

她主动把我拉过去，丝毫不掩欲望，可她很快又起身。"我得赶紧走。我和杰里九点有约。"她偷情的模式遂这样定了下来。

时常，当我看见她穿衣准备离去，在藤编的大扶手椅上梳理头发，对着镜子在她丰满的、弯弯的嘴唇上搽涂口红时，我感觉她是带着偷来的银器走进这个房间。我们用那些银器进餐，如今用餐既已完毕，她正在把那些银器擦拭干净重新变得闪亮，放回黑色的珠宝盒里，将它们带走，再度用在杰里的床上或桌旁，使其受到双重玷污；当我抱怨时，她生气地说："那又怎样？他不知道。"

"至少你和杰里没有损害到任何人。"

"那他的妻子呢？你似乎一下子变成了正人君子。"

"对不起，我没有那个意思。"我道歉，可花期在结出第一批不经意的果实后已然逝去，我们感觉责任悄悄潜了进来，可无疑，那是一种负担。

"你为什么不能多待一个小时呢？"

"我知道在那一个小时里会发生什么，"她激烈地说，但语气里饱含深情，给人梦幻般的感觉，可能是怀着想要小孩的渴望，"我会立刻怀上身孕。"

"我们该怎么办？"

"也许我们该告诉杰里。"她说。这下轮到我惊慌了。

"我们要告诉他什么？"

杰里的荒淫放荡已成过去。他不仅越来越善妒，而且益发凶狠。不久前，闻悉有人看见她在酒吧和一名男子在一起，在找不到她人的情况下，他拿出剃刀，把她衣橱里的礼服割成了碎条。

"我们可以告诉他一切，"她的语气并不坚定，"说我们想要在一起。"

"他会暴跳如雷的。你知道。"

"他常说，他唯一感到内疚的事是夺走了我的青春。我们若能在我们俩都年轻时相识就好了。"

"那不表示他会认为我是这份工作的理想人选，"我说，"人们说，假如我们能客观地看待自己、主观地看待别人，这个世界会变得更加美好，可地球从来不是这么转的。"

"好吧，那我们要怎么办？"

"你把我们的事告诉杰里，就等于在用一段感情结束另一段感情。我觉得你应该离开杰里。告诉他，你只是想开始过自己一个人的生活。"

"可他以后会知道是有了别人。"

"那是他的问题。你不必告诉他。我们可以分开一段时间。然后重新开始，免除一切担惊受怕，像两个自由的人一样。"

"我不知道，"她一边说一边穿上外套，"到时，等一切过去，假如我发现你不要我，我就走投无路了。"

"那事无需担心。你今晚去哪里？"

"党内有个人员比较年轻的支部要举办一场晚宴。我可以出席，没有问题。他们认为杰里携一名年轻女郎现身会很有派头。"

"我觉得不一定。年轻人也不喜欢看见有人滑稽地模仿他们。"

"反正我得去。"她说。

"明天五点在加夫尼见？"

"那就五点吧。"我听见话音伴着门打开又轻轻关上的声响。

"杰里有丝毫怀疑吗？"有一晚，我又把身子探过加夫尼酒吧的小炭火问她。

"没有，一点也没有。说来奇怪，以前什么事都没有时，他经常疑神疑鬼，现在真有了事，他却一点不怀疑。只是前几天他问起你，他想知道你的近况。我们上一次见到你似乎是非常久远的事了。"

我们轻而易举的偷情,几乎谈不上爱,谨慎抑止了焦虑,情欲得到放纵的满足而不会滋生出使我们濒临险境的妄想,当一种不同的相处关系响起可能的警钟时,这段偷情自然逐渐淡了下来。杰里突然收到一项利润丰厚项目的合同,在塞拉利昂创建一套新的广播电视网,他正在考虑接受。爱尔兰,一个历史上饱受压迫的小国家,骤然在第三世界有了用武之地。

"他下下个周末去伦敦面试,他几乎百分之百会接下那份工作。"

"那意味着他在这儿的政治生涯结束了。"

"他在这儿没有多少上升空间了。那份工作会带给他声望,一个不同的平台,还有许多资金。"

"你在里面算什么呢?"

"我不知道。"

"他想要带你走吗?"

"他会自己一个人先去,但他说,他在那儿一安顿下来,勘察好项目的进展情况,就会叫我跟他过去。"

"你打算怎么做?"

"我不知道。"她说,话音中暗示出如今我是这些考虑因素里的一个。

斯莱恩是都柏林附近一座英国风格的、可爱而古老的村庄。一个星期日,我们在当地唯一一家酒店吃了午餐,那与其说是酒店,其实更像一间乡村客栈,朴素的木桌椅,墙和壁炉漆成简单的黑白色，入口外的台阶上有铁制的刮鞋器。她曾建议我们在杰里去伦敦面试的那个周末去那儿。富有乡野情趣的周末，沿着树木繁茂的河堤散步，胃口大开地返回旅馆，去酒吧喝一杯，然后慢悠悠地吃午餐……知道将有整个漫长的、拉上窗帘的下午降临在我们面前，光是想想就足以令人神往。可事情会那么简单吗？除了共享肉体的欢愉以外，我们了解彼此吗？我们是否做好了共度一生的准备，无论命运带来的是美梦还是噩梦？事情越来越明朗，她对我没有信心，我也没有信心。所以当乡下发来那封电报时，我几乎对这常见的戏剧性而神秘的转折感到窃喜。

"那么我们可怜的周末就告吹了。"在加夫尼，她把电报递还给我。

"只是一个周末而已，"我申辩，"一旦杰里走后，我们想要多少个周末就有多少个。"

"你记得吗？当我想把我们相爱的事告诉杰里时，你不肯。你说，我们对彼此的了解不够深。接着，当我们有机会可以整整两天在一起时，你收到了这封电报。如果不在一起，我们怎么能了解彼此呢？"

"要不我们还是去吧？"

"不。假如你心有疑虑就别去。我想你应该回家一趟。"

"今晚你愿意跟我回去吗？"

"我得和杰里一起吃饭。"

"几点？"

"八点。"

"来得及。我们可以坐出租车。"

"不,亲爱的。"她心意已决。

"那么,等我回来时你会和我见面吗?"我不确定地问。

"杰里星期日从伦敦回来。"

"那就星期一?"

"可以,星期一。"无需说明地点或时间。她甚至在我们离开时,对着酒保无言的探问,讲了一句"星期一见",酒保挥挥手,"周末愉快",同时收去了我们的酒杯。

我准备返家:在扔掉电报前最后看了一眼——一个装着过夜用品的旅行包,车票,火车——古老的车轮重新转啊转,消磨掉我的人生;可纵使不是这个车轮,也会有另一个。

罗兹,我的继母,见到我似乎很高兴,喜笑颜开,忙不迭地打开话匣子。"我们还以为你会坐昨晚的末班车过来。听见那趟火车驶过时我们说你可能就在车上。我们一直在炉子上烧着水,直到新闻播完,然后我们说,今天你大概不会来了。可即便如此,我们还是等到确定你不会来了后才上床睡觉。"

"出了什么事吗?"

"没有,什么事都没有。"

"他要我来干什么?"

"我猜他是想见你。我不知道是否有特别的事,可近来他一直愁眉不展或心事重重。我相信他自己会告诉你。现在，你应该想吃点东西了吧。近来他一直有点反常，"她窃窃地补充道，"假如你可以，就去陪陪他，尽量迁就他。"

他走过来，我们握了手，可没有讲话。吃饭时，罗兹和我担起聊天的重任。突然，就在我们吃完饭起身之际，他说："我想要你陪我走一趟，去看看那些胡桃树。"

"胡桃树怎么了？"

"他在考虑卖掉那些胡桃树，"罗兹说，"有人出了好价钱。用来做饰面镶板，可我说你不会希望我们卖掉的。"

"你知道的可真多。"他半吼着对罗兹说，可罗兹偷偷朝我眨了下眼，我们就此打住。

"这么说，那封电报是为了卖胡桃树的事？"我们一同往种植园走去时我问，"你想卖什么就卖吧，我没意见。"

"不是。我没打算卖那些胡桃树。我时不时地扬言要卖掉它们，只是为了挑事儿。她喜欢那些胡桃树喜欢得要死。我只是找个借口出来而已。我们可以在这儿清静地讲话。"他说，我等待着。

"你知道他们要引进的那项法案吧？"他开始生硬地讲起来。

"不知道。"

"目前，他们才刚提出这个议案，还没立法通过。"

"什么法案？"

"一项确保妻子在丈夫死后获得他生前所有财产的法案——不管他愿不愿意。"

"这和我们有什么关系？"

"你不会那么愚钝吧。我不可能永远活着。这项法案通过后,这块地方会归谁?现在你明白我的意思了吧?将归罗兹。罗兹会把它给谁?到时我尸骨未寒,那些讨厌的亲戚就会一窝蜂拥进这个地方。"

"你怎么知道?"此时我提问纯粹是为了争取思考时间。

"我怎么知道?"他的话中带着狂躁的怨愤,"这地方的一草一物已经飞快地在我们的眼皮底下消失了。就在几个星期前,拖拉机不见了。她该死的侄子拿去的,问都没有问我一声。他们忘了通知我。她只要跟他们走得近一点,没有一次家里不少点东西的。"

"这么说不大公平。村子里东西公用是很平常的事。她带回来的总是比拿出去的多。"

我记得她以前常从他们山里的农场带回一篮篮覆盆子和李子。

"行。别信我的话,"他吼道,"很快你就会知道。"

"可这和那封电报有什么关系?"我问,他平静了下来。

"我去见了卡伦律师,那是我发电报的原因。假如我在法案生效前把这个地方转给你,这项法案就影响不到我们。现在你懂我的意思了吧?"

我懂了——再清楚不过。他要剥夺罗兹的继承权,把这片地方转给我。假如他死了,我将同时继承罗兹和这片地方。

"看来,你是不想让我把这片地转给你,是吗?"

"是的,不想。你对罗兹说过这件事吗?"

"当然没有。你以为我是傻子还是什么?你是要最后一次告诉我,你不会接受这片地方吗?"当我不愿回答时,他满腔怨恨地说:

"我早该知道。你对自己的出身,连一点尊重都没有。"接着他喃喃低语,朝被赶拢到石墙和第一排胡桃树之间的牛群走去。有一两次,他好像要转过身来,可并没有。我们说不到一块儿。

那天晚上,我们互相躲着对方,紧张的关系使我们每一个小举动都显得束手束脚。第二天,我试图悄悄溜走。

"你是要走了吗?"罗兹看见我准备离开时警惕地问道。

"对,罗兹。"

"你不该和你父亲计较的。你应该随他去。如今他不会改变他的性情了。你比他更糟,不随他的意。"

有那么一刻,我想问她:"你知道吗?他要在他死后让我全权主宰你的命运。"可我知道她会回答:"那有什么要紧?你知道他就是有这些主意。你应该随他去。"而当我说"再见,罗兹"时,她没有应声。

火车滚滚驶过桥,进入都柏林,行经克罗克公园灰暗的后门,我能做的只是凝望。这个周末像一段人生一样结束了。即使不这么过,它也仍然会结束。换一种方式,我们本会散步,喝酒,在拉上窗帘的房间里做爱,试验各种爱的方式,佯装我们在制服本能,想象我们从中获得的比预期的更多,之后……我们将何去何从,我们的欢愉如今是一个面目狰狞的头颅?那会结束又不结束。然而我回了家,一次和从前一样怪诞可笑的回家,如今那也结束了。

她会到机场接他,他们会一起吃饭,晚上,假如他们照旧,和以前我常遇见他们俩时一样,那么此刻,他们会正在某个酒吧喝酒。当火车徐徐驶入亚眠街时,我突然想找到他们,看看我们三个人在一起是什么情景。我寻遍格拉夫顿街上的酒吧都不见他们,我正要放弃这种冲动——幸好我没能够如愿——这时发现他们在河畔一家宾馆的雅座酒吧里。他们正坐在吧台前,索然地捡食着一碟摆在他们酒杯中间的咸花生米。他似乎很高兴看见我,从高脚凳上下来了:"我刚在这儿说起,我们多久没见到你了。"他用毫不留情、慢吞吞的声音说,仿佛我的到来或许会缓解这个夜晚本已凝重的气氛。他如此友好,我差点脱口问出他的面试进行得如何,混在我的大堆谎言中间,忘记照理我是不应该知道的。

"我刚从伦敦回来。我们在机场吃了饭。"他开始向我讲述我已知的所有事。

"你会接受这份工作吗?"在他巨细靡遗、完全不加筛选、一股脑儿向我讲述完这个周末后我问道。

"一切都安排好了。明天消息将见报。我在三周后启程。"他说。

"恭喜啊,"我不自在地献上祝贺,"不过对于离开这儿,你有什么遗憾吗?"

"没有。什么遗憾都没有。我该推动的、我该讲的,都已经做完了。现在让年轻人去接手吧。该是我歇息的时候了。对现在的我来说,早晨吃个葡萄柚才是重要的。"

"你的太太和你一起去吗?"

"我会先去查看那儿的情况,然后她再过去。对了,"他开始笑得发颤,紧紧抓住我的手臂,紧得让我发疼,"你可别趁我不在时对她有任何非分之想。"

"既然你把这个主意输进了我的脑袋，我也许要试试。"我自寻死路，可他只顾沉浸在自己的玩笑中，一边笑得浑身乱颤，一边从吧台凳子上起身。"乐死我了，我得去解个手。"

"那——真——下——流。"她头也不抬地说。

"我想是的。我情不自禁。"

"你知道我们会在这一带。"

"明天你会和我见面吗？"

"你觉得呢？"

"反正，我会在那里。"

"你在乡间的周末过得怎么样？"她讥讽地问。

"和往常一样，没什么特别的。"我仿效她讥讽的口吻回道。

麦克里迪回来时依旧笑个不停。"我刚才一直在想，你们俩应当是年轻的一对，我则是那个叔叔，假如你真的决定要干什么勾当，你必须先征求叔叔的特许。"他用手拍拍我的背。

"哎呀，那我最好现在就开始征求。"我赶快接话，以免我的惊恐流露出来。他发出一声狮吼般、无助的大笑。他想必是喝醉了，他用手臂搂着我们俩："我真爱你们两个年轻人。"他的眼睛里笑出了眼泪。"嗨，酒保，在我死之前，再给我们每人来一杯。"

第二天傍晚，和以前的每个傍晚一样，我坐在加夫尼酒吧的隔间里面，酒保一如既往地在擦亮玻璃杯，酒吧里除了我们两个没有其他人。

"你的朋友今晚似乎比平时迟了一点。"他说。

"我想她今晚不会来了,"我说,他用探询的目光看着我,"她周末去了乡下。她不确定能不能回来。"

"但愿没出什么事吧……"

"没有。她母亲年纪大了。你知道那种事。"我在把话题引向安全的、有无限空间的陈词滥调。

"那是悲哀所在。你不晓得是应该照顾他们还是照顾自己的生活。"

夜晚较早光临的酒客闹哄哄地进来,在见不到她出现的苦闷开始因为门的开开合合而缠绵不去之前,我起身离开;不过比起共同生活的责任来,失去她所带来的痛苦和麻烦肯定要少一些。那么爱呢?爱飞出窗外,我曾听人们说。

"看来她不会来了。"我说。

"嗯。似乎是。"他一边说,一边收走我的酒杯,瞥过来的目光中怀疑与恼怒相当。

我们过了好几个星期才见面。见面的地点在格拉夫顿街,离我们第一晚邂逅的地方很近。她略显紧张地同意和我去喝一杯。她看上去楚楚动人,防水的风衣上别了一块深色的毛皮领子。

"杰里现在在塞拉利昂。"她在我买酒时说。

"我知道。我在报上看到了。"

"他昨晚打电话给我。"她说,"他住在一个朋友——一位法官家里。我能听见背景里的音乐。我觉得他们有几分醉意。那位法官坚持他也要和我通话。他有一口牛津口音。他温文尔雅，但显然，他长得跟黑桃 A 一样黑。"她笑了起来。我看得出，她珍视那通毫无意义的电话胜过送给她闪亮的钻石。

她开始对我讲起塞拉利昂的事，那儿的沼泽和集市，牛油果树、菠萝树、可可树、香蕉树，那儿有大批鳄鱼出没的河流。杰里住的是一栋带白色圆柱的房子，柱子建在山坡上，俯瞰大海，他有一名司机和一辆梅赛德斯车。她一边大笑着，一边告诉我，当地的新娘在结婚后的前九个月里不得外出，那样会让肤色白一些。

"你马上要去和杰里会合了吗？"我问。

"快了。现在他结识了足够多的高层人士，可以着手安排了。他们正在把文件准备妥当。"

"既然如此，我想今晚你不会跟我回去了，是吧？"

"是的。"回答中没有一丝犹疑，困难和距离显然是恢复道德秩序的良药。

"那么，你务必让我请你吃顿饭，在你离开之前。作为老朋友。无附带条件。"我一口气讲完。

"那敢情好啊。"她说。

走到外面的格拉夫顿街上，我们道别，轻易得像两片被突如其来的疾风卷起吹散的树叶。万事始于梦想，在去了塞拉利昂、不幸发现自己的人生也许就只是如此以前，满脑子装着这样一个完整的国家，想必是件美妙的事。

一切似乎永无终结，除了我们自身以外。在她启程去塞拉利昂的前一天，乡下又来了一封电报。这次没有神秘兮兮的色彩。罗兹死了。

装着过夜用品的旅行包，车票，火车……

紫杉树下的铁门开着，砾石路尽头，石屋的百叶窗拉了起来。木头大门开在低矮的英国山楂树篱间，里面是她的花园，就位于屋前，刚除过杂草，粗粝的青草也用大剪子剪过了。今后谁会来照料这些花？屋子里一片寂静，我同每个人握了手，包括我的父亲，他没有从改装后的车座椅上起身。

我听他们一遍遍复述发生的事，仿佛通过这样的复述，他们可以让当时的情形回归成平凡的日常。"罗兹起床，生了火，留下备好的早餐，然后去把小鸡放出来。她的手搭在门闩上，正要进屋，就在这时，你父亲听见咚的一声，结果她就躺在那儿了，门半开着。"他们还在继续往下说。他们非说下去不可。

我走进房间端详她的脸。那张脸也谢幕了。无论她曾经幸福还是不幸福，如今都看不出来。若换成和另一人在一起，她会更幸福吗？谁知道谁和谁在一起会过得幸福或不幸福？无需多言，以这样的尺度来衡量，那几乎没有区别，或者说区别全在于此。

"你为什么不随他去呢？"我听见她的声音，"你知道他的脾气。"她在这一个地方扎根生活了一辈子，和这一个男人，就像那一片树篱里的小紫桉树，既柔韧又疙疙瘩瘩、盘错扭曲，始终靠近地面，侵入草丛更黑暗的角落。

棺木抬了进来。屋子的门关上了。我看见有几个送葬的人踩过那些花，他们在前面的园子里等着我们把她抬出去。她在我们肩上分量很轻。

葬礼结束后,她的娘家人没有再回这间屋子。他们已放弃了对这片土地的任何觊望。

"这一切似乎统统归我们了。"我在空荡荡的屋子里对我父亲说。他恶狠狠地瞪了我一眼,但很久没有回应。

"是的,"他说,"是的,这一切似乎统统归我们了。可接下来我们要去哪里?"

反正,不去塞拉利昂。有那么一刻,我看见山冈上那栋俯瞰大海的殖民地风格的建筑,雪白的柱子,夜晚清凉的露台……也许就在此时,他们正面对面坐在餐桌旁,一个仆人在撤去盘碟。

现如今罗兹在哪里?

我看见她骑着自行车而来,把手上放着一个藤篮。刹车想必不灵了,因为她得跳下来,跟着自行车跑一段。当她揭去盖着篮子的报纸时,她的脸上焕发出喜悦的光彩。那是满满一篮深色的李子,李子中间散放着一个个用报纸包住的鸡蛋。她的身后,纯净的天空抖出一声巨大的叹息。

"是啊,"我的父亲吼道,"接下来我们要去哪里?"

"我想我们不妨试着暂时留在原地。"我回答道。他目光凌厉地看着我,于是我补充了一句,为了让我自己安心:"也就是说,等情况稍稍稳定以后再说,到时我们就能够重新站稳脚跟,然后思考。"

威廉·柯克伍德的皈依

在那栋石砌的大宅里,除了厨房,大可以说已无别的房间,雨水敲打着石板瓦和窗户,在屋外的庭院各处形成涡旋。受潮的外套堆放在后门底部,通往屋子其余部分的橡木镶板门因为拉手坏了而上了锁,笨重的钥匙插在锁眼里。巨大的老式炉灶敞着炉门,里面摇曳着木柴的火光,灶台刚用石墨擦过,黄铜配件闪闪发亮;炉灶旁坐着从十四岁开始就给柯克伍德家当仆人的安妮·梅·莫兰,她在为女儿织一件褐色线衫,偶尔弯腰从身边的藤篮里给炉子添加柴禾。长长的冷杉木桌紧邻火炉,威廉·柯克伍德陪她的女儿露西坐在桌角,在辅导孩子的功课。他们与其说是在和代数较量,不如说是在和彼此较劲,无论怎么诱导,女孩就是拒绝理解符号的用法,可那位男子无限耐心。他把硬币摊在桌上,然后是一字排开的新鲜胡桃,最后从桶里拿出适宜煮熟吃的青苹果。每一次,当他把硬币、坚果、苹果分成一堆堆时,女孩都满腹怀疑地望着他,但每次都被迫用点数的方式,不情愿地给出那道简单减法题的正确答案;可一旦他把硬币和果实换成 x 和 y,无论代入的数字是什么,女孩怎么都算不出一个答案,若继续逼问,她便不加理解地乱猜。

"你啊,就是犟,露西。固执己见,和平时一样。"他最后被迫向女孩让步。

"那对你来说容易，可我数学本来就不好。"她气鼓鼓地回道。

"那不是因为你数学不好。是因为你不想要搞懂。我不晓得你是怎么了。那好像几近一种乖僻。"

"我搞不懂。"

"注意，露西。你不能那样同威廉少爷讲话。"安妮·梅说。她依旧称呼他威廉少爷，虽然现在他已经四十五岁，是柯克伍德家仅剩的后裔。

"没事，安妮·梅。只要我们能说服她搞懂，什么代价都值得。她是主观上拒绝搞懂。"

"你要那么说也可以，威廉少爷。"露西笑出了声。

"好吧，下一样是什么？"他催促露西，"是英语和教会历史吗？"

"是明天的英语和教理问答笔记。"她纠正道。

英语，她喜欢，他们迅速做完了习题。十三岁的她长得高挑健硕，有着男孩一般的俊俏面容。当他们开始整理教义笔记时，很明显，他对这门作业的兴趣胜过这位学生。通过晚上辅导露西这些作业，他首次对天主教会产生了兴趣。在一定程度上，这是他迈向即将来临的皈依的第一步。他满脸慈爱地朝女孩露出微笑，看她把所有的书收拾进皮书包。当他们三个人一起用过茶和涂了黄油的面包后，女孩走到他怀里，亲了他一下，祝他晚安，那份自然，和从女孩年幼时他念故事给她听以来的每个晚上一样。安妮·梅打开镶板门上的锁，一股寒流猛地从屋子的其余地方朝他们迎面袭来，她急忙拿起热水袋和点在蓝色马口铁烛台上的蜡烛，领孩子去她楼上的房间。

当子承父业、在柯克伍德家当牧工的埃迪·麦克，在博伊尔的格林街卖了柯克伍德家最优良的牛，撇下有孕在身的安妮·梅、卷款去了英国销声匿迹后，是老威廉，威廉·柯克伍德的父亲，劝说安妮·梅留下来，把孩子生在那栋大宅里。

"你干吗非要去英国呢？你在那儿一个人都不认识，你没有做错任何事。留下来，把孩子生在这儿吧。我们不必在乎人们的想法。我们将很高兴有这个孩子。"

安妮·梅丝毫未想过用自己的名字给女儿起名。女儿叫露西，取了柯克伍德家一位特别受人喜爱的姨妈的名字。女儿长得壮实健康，有一头和她父亲一样的浅黑色头发。她爱在那栋石屋宽敞、空荡的房间里喊叫，一边听自己的回声，一边双手叉腰哈哈大笑，笑声继而沉闷地反射回来，无论话音还是笑声，都更接近柯克伍德家清脆、威严的口音，而不像她母亲软绵绵、含糊的吐词，元音和元音融混在一起。老人与小孩形影不离。每个晴好的日子，人们都能看见他们一起走向山下的果园，去看蜜蜂。女孩像只警觉的小鸟，咕咕呱呱讲个不停，试图一边抓着老人的手，一边单脚跳跃；老人徐徐走在她旁边，蒙着养蜂人的面纱，神秘莫测。末了那天，当他掀不开蜂箱的盖子，以为全是被蜂蜜粘住了时，他派露西去找来威廉。那是一个阳光明媚的春日，蜜蜂正要从蜂巢出来做排泄飞行。

"我搞不懂是怎么回事，威廉。"当露西把他带到蜂箱旁时，养蜂人向自己的儿子说明。

"假如蜂蜜把箱顶粘住了的话,父亲,我们可能需要一把起刮刀。我来试着转一转,慢慢推推看,"威廉说,可令他愕然的是,他发现箱顶在他手中一松,轻易就掀了起来,"箱盖一点没有粘住。活动自如。"他哈哈笑起来,可当他发觉他的父亲已经虚弱到掀不起几块上过漆的松木板时,他只能陷入不敢置信的沉默。他缓缓牵着老人和困惑的小孩,返回那栋屋子。

"你想必是受了什么感染,父亲。卧床休息几天就没事了。"

就在当天那个无风的春夜,一阵小雨落下来,如同给大宅和属于宅邸的树木蒙上了一层薄纱,那位年迈的养蜂人,状况持续恶化,临近早晨时,他像过客一般,静静地撒手人寰了。

安妮·梅为老人哀恸不已,可露西年纪太小,不懂悲伤,自然地转向了威廉。她开始跟着他到处跑,在棚屋周围,去外面的田野里。她对赶羊赶牛很在行,不输任何一个男生。安妮·梅试图对这样的出行稍加管束,可露西倔强任性,讨厌家务活。而且,威廉似乎喜欢女孩陪他下地,还时常发现她是个极好的帮手。因为觉得偷占了孩子的时间,作为对安妮·梅某种补偿的表示——也因为天生喜欢教书——他从露西刚上学起就开始在冬日的夜晚给她辅导功课。

除了和安妮·梅及露西幽居在那栋石屋里以外,战争期间,威廉·柯克伍德的日子过得几乎不比他的天主教邻居好,比一些地位已在上升中的天主教徒更清贫。在石砌的围墙内,他有起居室、书房、草坪、果园、平展的田野,可草坪的草长得可以当牧草,书房高高的书架上，许多书已受潮损坏。果园荒芜了，他父亲的蜂箱无声无息地烂在果园山坡脚下高高的草丛里。长久以来，那广阔的土地放牧不足，只耕作了一半，石墙上有开裂的缺口。别的新教地主，他父母的朋友，他年轻时见过的那些人，预见到他们昔日的优越地位下滑，几乎都移民去了加拿大、澳大利亚，或搬去了北爱尔兰。威廉·柯克伍德没走，好在他对自己已经成为别人轻度取笑的对象浑然不知。青年时，当本该和新教徒里风流倜傥的公子哥一起聚会玩乐，或招摇地带着他们自信的女伴出席获奖插花展、牛展、马展、一捆捆大麦展时，他却在夜晚外出观星；如今，在这广袤的沃土上艰难为生，勉强养活自己和一个年老的女仆及她的私生女。可这种嘲笑是基于不了解这个男人。那源自肤浅的观察、自满的无知、头脑简单的偏见，源自那种不动脑筋、来得比任何同情心都更容易的判断，由于远在欧洲大陆的战争，这种嘲笑注定受到严重冲击。一个中立的爱尔兰宣布进入紧急状态。地方防卫队组建了起来，威廉·柯克伍德看不出效忠上的不一致，第一批加入了队伍。他收到任命，所有当地人对他的看法——滑稽、可笑、屈尊降贵——变了。他原来是个顶呱呱的神枪手，能一眼看懂野外地图。

他的外祖父是达比老将军，耳朵半聋，一条腿行动不便，沉迷于杜松子酒，石屋里的人不太提起他，因为他从不放过一个机会，大肆挖苦和辱骂他温文尔雅、滴酒不沾的女婿——威廉的父亲。很久以前，达比家的人曾是英国军官，威廉·柯克伍德一穿上军装，那就好像他们聚集在一起来认领他似的。参军是为了免费的军靴和制服，为了每年夏天在海边芬纳营地带全薪的三个星期，人们旋即傻了眼。清楚干脆的命令要求立刻服从。冰冷的目光搜寻出服装、站姿或动作里每一处细小的不整。有人嘟囔："这种人上了马就好像从未下来过。他们会把你当成狗一样骑在身下。"可他们不得不承认，他处事公正，当他率领步枪队在第一届西部屏障射击赛中取得全面胜利，并被提拔为上尉、郡北指挥官后，一种可想而知的自豪感油然而生。"他没有最初看起来的那么坏。"他在人们口中的名声慢慢开始好转。

脱下制服，他和以前一样深居简出，对种地一窍不通。露西依旧跟着他到处跑。虽然学校和教会软化了她的口音，可依旧保留着不止一分明确属于新教徒的铿锵有力，她为威廉的新制服和军衔深感自豪。她曾在学校闹出一次事端，持棍把几个男孩赶出墙手球场，因为他们嘲笑威廉的新教信仰："他连自己的教堂都不去。"

"他没有教堂可去，都关了。"她反驳道，同时操起她的棍子。

安妮·梅已完全管不了她，而威廉时常发现自己的裁定站在母亲那一边，尴尬地夹在她们中间，但大多时候露西遵从威廉的意愿。和她的母亲一起关在那栋屋子里，是唯一无法接受的惩罚。和威廉一起在田野里是快乐。那个倒霉、多雨的夏天，她一直帮他晒制干草。她会赶着马拉的耙草机，动作比威廉更加敏捷。除了她干的活相当可观外，有她在地里陪伴在身旁，也是给威廉的一份深厚支持。面对漫漫的、空旷的田野心痛般地向前延伸，头顶是阴晴不定的天空，身旁若没有她欢快的笑语、旺盛的精力，威廉一想到就不寒而栗。

那个早晨，当柯克伍德家长期的离群索居终结时，似乎全因有她在威廉身旁,事情才显得理所当然。

岩石嶙峋的大草场上,干草已经翻过,但预计傍晚就要下雨。摆在他们面前的形势,即使有马拉的耙草机相助,也让人灰心丧气。他们只得竭尽全力,能抢救多少是多少。到了傍晚还留在地上的那些,只能碰碰运气,保佑天气好转。他们能做的只有那么多。

突然,草场上传来一声喊叫,弗朗西·哈特大摇大摆地朝他们走来。弗朗西在防卫队成立初期给威廉找过很多麻烦。他喜欢恶作剧,对此永远乐此不疲。

"上尉,我今天穿得有什么不对吗?"他走近时大声喊。他步态笨拙,因为背后藏着干草叉。

"没有,弗朗西。我们今天不穿制服。"威廉·柯克伍德和善地答道,不知该如何应付这突如其来的一幕。接着,从路旁的树篱后面响起一片欢呼声,全防卫队的人蜂拥进地里。另一个人正在打开大门,让另一匹马和耙草机进来。一个个圆锥形的干草堆开始从地上冒出来,然后是吼声、玩笑声、咒骂声、推挤的人潮。露西受命跑回家,通知安妮·梅开始准备三明治。威廉自己去查理酒吧买了半桶黑啤酒。离入夜还早,整片地就清理干净了。等那些人离去后,威廉·柯克伍德在地里巡视了一遍,看见所有的干草堆都已经耙平,捆扎妥当。

"那得花上你和我近一个星期的时间,露西,我们有可能会损失一半干草。"他用他沉思的口吻说,语气近乎卑微。

到了晚上,雨如期而至。雨水有节奏地敲打着石板瓦,那已不令他忧心。他倾听着雨的落下,像对心灵的抚慰,睡着了。

同一批帮手抵达，把干草从地里搬进室内，此外，他们来也是为了规定要缴的小麦和块根作物。即使在年景最好、他们雇得起充足的人力时，夏季的全部农活和收割工作都不曾进行得这么顺利过。这些人谁都不愿收钱，为报答恩惠，威廉·柯克伍德只好轮番去别家农场。每次，当他不让露西跟他一起去时，露西就会吵闹生气好几天。他干不了农场上的重活，也从未经受过和别人竞争的残酷，可他懂得操作机械，有时这让他比力气强过他的男人更有用。庇护他的，除了新的军衔以外，还有柯克伍德家族历代保持、似乎从未糟蹋的地位。他是田里的新人，成为人们议论闲话的谈资，给无比单调的农活和日子添加了调味剂。他的独特和温和的举止使他格外受女孩和妇女的青睐，他始终与她们保持距离，像个不近女色的年轻牧师，但这样反而增添了他的魅力。在多年的离群索居后，他似乎很开心置身于新的喧闹中，并且多年来第一回，他发现地里的收成竟然能赚到钱。圣诞节，他提出要给安妮·梅一大笔钱，作为对她多年来一直未变的微薄薪水的补偿。对此，她愤慨地拒绝了。

"这么多年来没有一丝怨言地让我住在这儿，已是最大的报酬。我从未想要对您不敬，但假如您硬要给我，我会把那些钱扔在地上。"

"那好吧，我们带露西去镇上。她不再是小孩子了。她需要一整套新的行头，和别的姑娘一样。"

"她现在这样子有什么不好吗？那只会让她惹人注目。像她这样的孩子，惹人注目只会带来麻烦！"

她自己什么都不肯要,但在露西身上,她屈从了。他们一起去了博尔斯百货公司。安妮·梅以前从未踏进过博尔斯,她惊叹得说不出话来。每次,当黄铜杯在滑轮的拉动下,顺着铁丝将钱嗖地传送给店堂上方玻璃笼子里的收银员时,她都吓得跳起来;每次,当装着收据和找头的杯子哗然回来时,她又惊跳一下。在博尔斯太太的大力相助下,露西挑得眼花缭乱,最后还是威廉本人选定了要买的那套衣服,老博尔斯始终在旁边转悠,眼睛没离开柯克伍德家这位最后的传人。

"以前我看见你亲爱的母亲走进店里时,我才只有那么高。哦,她真是雍容华贵。"他搓着手,纽扣里那朵永恒的红玫瑰似乎从不受冬夏的影响。

"你看上去真美,露西,可我不愿看见你长大。"威廉直言称赞女孩。露西红了脸,上前亲了一下他的嘴唇,可他发现自己几乎抱不起她来了。

在她穿着这套衣服去参加弥撒、走到圣坛围栏前的第一个星期日,她造成的轰动甚至比威廉首次作为一个纯粹普通的工人站在邻居的一块田里时更巨大。

战争仍处于相持不下的僵局。地方卫队的活动如今有了固定的日程:三个星期在芬纳营地,步枪竞赛,星期四晚的操练,星期日下午的步枪练习——从奥克珀特湖岸向设置在麦凯布山冈后面的靶子射击。在若干星期日的早晨,卫队一身戎装,集合在大礼堂门口,齐步穿过村子,走向教堂,唱弥撒中间,他们在圣坛前站岗,在祝圣仪式前后举枪敬礼。在这样的星期日,柯克伍德上尉率领他的士兵穿过村子，但在教堂门口，把他的指挥权让渡给当老师的麦克洛克林中尉，自己留在外面，直到弥撒结束。既然他已和人们打成一片，这一如此显著的差别不免让人觉得有点遗憾。一个星期日，在步枪练习完毕后，警长莫兰在查理酒吧的前厅或雅座当着威廉的面，好事地把这事提了出来。在有训练的星期日，训练结束后，全队人通常会去查理酒吧喝一杯。士兵们站在将酒吧和食品杂货店分隔开的木板后面喝酒，而两名军官——柯克伍德上尉和麦克洛克林中尉则和警长一起坐在前厅的大椭圆桌旁。警长出席这些步枪练习是为了确保某些安全措施的遵守。他从弥撒完后就喝个不停，惹得训练场上人人厌恶。他在射击中间四处游荡，找人聊天，但因为他不在柯克伍德上尉麾下，上尉也拿他没办法。一等查理把威士忌端到前厅，警长就开始说道："战前，威廉，你一个人住在那栋大房子里，不助人，也没有别人的帮助。如今你和大家融为一体了。若你不是新教徒，你和我们其余人之间一点差别都没有。怕是只有战争才会让人明白事理。"

正当麦克洛克林中尉仓皇地寻找措辞，想制止这尴尬的谈话，制止这种把他们忍受了一整天的讨厌延续到口头上的表现时，谁知威廉·柯克伍德淡然回道："事实上，警长，我正在认真地考虑成为一名天主教徒，但恐怕，不是出于从众的目的。"这话惊得全屋人哑口无言，甚至比警长的话更令人尴尬窘迫。

这样一种显著的差别依旧显著存在，对此有人表示感到有点遗憾，那是客气、轻描淡写的说法；威廉·柯克伍德想转信天主教这件事引发的是惶恐。这打破了每个人生来就待在那个群体内的法则,就像麻雀就是麻雀、黑鸟就是黑鸟一样。人们改变信仰有几个原因,而且只有那几个原因:钱或地位,还有就是密不可分的爱情,假如一个人被本能束缚住、为了得到心中所想愿意做出任何疯狂举动,可以被称为爱情的话。天主教徒为了钱或地位变成新教徒,那是一道古老的伤疤,被人耻笑;而众所周知,历来新教徒改信的唯一原因是为了结婚。他们那个教区内就有一个活生生的例子:英国人辛克莱娶了康韦家的一个姑娘,他可怜的妻子对博伊尔的人说,丈夫去了库特浩做弥撒,接着又对库特浩的人撒谎,说丈夫去了博伊尔做弥撒,而全世界的人都知道,辛克莱正在家里烤着小腿肚子,把看到的每样东西、每个人都批评一遍:"引导我皈依的可不是突发的信仰。我是被我男性的那话儿拖进了你们的使徒罗马天主教会。"他会嚷着,咯咯暗笑。

"你是怎么产生兴趣的……?"麦克洛克林试探性地问威廉。

"给露西辅导作业时,"威廉利索地回答,"我对某些教理问答的答案产生了兴趣,然后是教会史。诚然,这是更古老的教会。我在书房找到了纽曼和牛津运动派写的书。我母亲想必曾经很感兴趣。"

"不过,背弃你自己的教众,那可不是开玩笑的事,或多或少表示千百年以来他们错了。"警长说。

"不是开玩笑。假如一个人信服了真理就不是。"威廉推开他的酒杯,起身,"他们依照他们的标准而活。现在我们的时代到了。"

"好吧,无论你做什么,我们都希望有个圆满的结局。"在他告辞时,两人异口同声地说。威廉喝酒从来不会超过一杯,而这总被归因于新教徒的克己节制。

"那是给你一个下马威。我需要慢慢地喝杯啤酒,好压压惊。"警长在他走后舒了一口气,然后按铃。他们俩都要了啤酒。

"背后有什么隐情?"警长诘问。

"你不用东猜西猜的。"

"怎么了?"

"这相当明显啊,我只让你猜一次。"

"你可把我难倒了。"

"他是怎么对天主教产生兴趣的?"

"帮露西辅导教理问答,"警长一脸惊诧地说,"我早该看出来。圣诞节前他带她去博尔斯,把她打扮得像示巴女王,她还不到十四岁呢!"

"在某些方面,柯克伍德是个非常聪明、气魄威严的男人,可在别的方面,他还是个大孩子。露西成绩不好,但她一点也不笨,在很多方面,她比实际年龄更成熟。她骨子里更像柯克伍德家的人,而不像可怜的老安妮·梅的女儿。她不是一天到晚跟在他旁边吗?"

"可他不能娶她啊。"

"等三四年不是很久。到时安妮·梅可发达了!"

"天哪,我一百年都想不到那一层。"

柯克伍德将要皈依的消息如此不可思议,人们都不敢互相提起。细想之下,他们不太相信那是真的,不想让自己显得像傻子一样，可当每个星期二和星期四的晚上，有人看见威廉走过那条种着一排排小酸橙树的林荫道，去司铎住宅接受必修的教诲后，这个消息传了开来。日月经天，奇迹永远不会停止。威廉·柯克伍德，柯克伍德家最后的传人，即将摒弃他们那一派的谬误，变成天主教徒。

老神父格林教士与他身居的职位无比相称。他在一座农场长大，喜欢打牌和饮威士忌，可他人生真正钟爱的是放牧在教堂庭园里的纯种短角牛。在公开场合，他喜欢强调上帝的仁慈而不是盛怒，在私下里，他相信俗世的事务越少把上帝牵扯进来就越顺遂。起先，他欢迎这位古怪的新信徒来访，打破他一成不变的夜晚，可很快就招架不住他这位学生对神学思辨似乎永不餍足的追求。如今的威廉，怀着和多年前倾注在天文学上一样的热忱，钻研天主教，阅读每一本他找得到的有关神学和教会史的书。与其面对面这样吃力地分析特伦托会议，老神父更希望给这位过度好学、一副孩子气的男人斟上一大杯威士忌，聊聊他准备饲养过冬的五头纯种短角牛，无论风吹雨打，每天做弥撒前，他都会亲自给它们喂饲料。

"听着，威廉。你对的教义的了解已经远远超过我的任何一个教民，我从不认为这样孜孜不倦的探索能获益良多。"一天深夜，他迫于无奈地提出，"我们是人。我们无法认识上帝或真理。它们被阻隔在我们的目力之外。我们只能接受和相信。那也许和母亲对孩子的本能反应无异，一样瞎了眼，可那是我们拥有的全部。两周以后，当我问你'你相不相信'时，我只要听到你响亮而清楚地回答'我相信'就行了。那样我们的职责就完成了。你将开始。照我的经验,任何事讨论得太多、操心得太多,最后只会变味。"

威廉·柯克伍德远没有瞎了眼。他马上就明白他让这位他渐渐喜欢和尊敬的老神父感到厌烦了。在接下来的两个星期里,像他过去一直当个百依百顺的儿子一样,他满足于坐听神父的谈话,无论话题导向哪儿。第二杯威士忌下肚后,谈话的主题总会转到五头纯种短角牛身上,此时它们正吃着低矮芳香的青草,那草儿长在一度闻名遐迩的八世纪修道院的废墟之上。

"你依旧能看见修道士的踪迹遍布旷野,他们的主路或街道,单人的小房间,想必曾是他们关牲口的地方,一切像一幅纸上的平面图。当然,主建筑的围墙依旧保留完好,可它们要晚许多年,是十二世纪修建的。伟大的圣人曾在那儿冲彼此大声呵斥。如今我的短角牛占了他们的地方。这完全是好事,威廉。"他会哈哈笑起来。

在受教期结束时,神父用年迈的眼睛使了一个淘气的眼色,问道:"你接受和相信所有这些揭示的真理和奥秘吗?"威廉·柯克伍德微笑着,低下头说:"我接受和相信,神父。"

翌日早晨,在库特浩教堂后面的石洗礼盆旁,水浇在威廉·柯克伍德小巧的、头发开始花白的脑袋上。当涓细的水流滴淌到棕色的石板路上时,对于盘旋在空中的柯克伍德家的幽灵而言,这一定是一次终结性的苍白的放血。

安妮·梅和麦克洛克林中尉站在那里,作为他的教母和教父。事后人们微笑、握手、紧抓着手臂表示祝贺。弥撒结束后,在司铎住宅举办了一场盛大、欢庆的早餐会,当地的神父、教师和声望卓著的教民统统出席了。安妮·梅和露西也在场。那个完美的早晨唯一的缺憾,就是露西自始至终面色苍白,紧绷着脸,当早餐中间不得不回应几个礼貌的提问时,她一副快要哭出来的样子。自从威廉开始接受教诲以来,她就对他冷淡疏远,仿佛她不知怎么的感觉到这一变化对她少女时代那整个安全无恙的世界构成了威胁。他们从早餐会一回到家,她就突然克制不住地哭起来,跑进她的房间。到了傍晚,她好了一些,可她不愿解释自己哭的原因,那天晚上是多年来第一次她在去上床睡觉前没有走到威廉旁边让他亲自己一下。下一个星期日,当他率领士兵穿过村子,一直走上教堂台阶,走向主圣坛脚下时,每个人的眼睛都盯着这位新近皈依的信徒。看见他位于队伍之首登上教堂时,露西骄傲得头晕目眩。可他们之间往日的那份无拘无束不见了。晚上她不再要他辅导功课,假如不得已,她宁愿毫无准备地去上学,威廉没试图硬要相助,他在等着她闹完情绪的那一天。

"既然你已经迈出了这么一大步,而且一切都进行得如此顺利,你不妨就走到底吧。"没过多久的一个星期日,在查理酒吧,警长友好含蓄地建议。步枪训练提早解散了。一颗跳弹不知怎么的飞下山冈,击中了附近田里墨菲家一头红毛小公牛的眼睛。那头小公牛疯狂地哞哞直叫,开始在田里踉跄地转圈。兽医只能了结了它的性命。得写一份书面报告。这是他带队以来的第一起事故,威廉·柯克伍德恼火极了。步枪兵中一定有人在某个环节上马虎大意或存心犯浑。

"你什么意思?"他气冲冲地问。

"和今天的事无关,"麦克洛克林插嘴道,"我认为警长只是想说出我们大家心里的想法。目前一切都进行得异常顺利，假如我们能看见你结婚，那就更加完美了。"说着，两人看见威廉·柯克伍德忽地脸红到了耳根。

"我太老了。"他说。

"你把事情拖晚了，可离太晚肯定还远着。"

这次谈话太让人无所适从，遂被搁了下来。威廉照常在喝完唯一的一杯威士忌后告辞离去。

"你恐怕击中要害了。"刚剩下他们俩，麦克洛克林就说。

"怎么？"

"你道出了他心中分明在想的事。"

"不会是露西吧。"

"现阶段没有露西的份儿，虽然她在学校里已经因为这样那样的事而成天闷闷不乐。"这位老师说。

"那我们该怎么办？我们总不能去外面随便找个老姑娘来给柯克伍德家最后的传人。她至少得有一两下子才行。"

"我猜你们现在要换啤酒了。"查理出现在门口，没等他们作答，便径自走过去，收走桌上的威士忌酒杯。

"来两杯啤酒，查理，"警长兴致高昂地说，"从来没有一件正经体面的事是孤立存在的。那个星期日，我们把你绑进汽车，为你找到好老婆，那是多久以前的事？"

"那绝对是五年里最棒的时光，警长。"查理心有防备地笑起来，他一笑，那细小、发红的鼻子的鼻尖就往上皱成一个涡卷。

"那是急事急办。自从你母亲去世后，你快把这家酒吧喝没了。

那个星期日我们拜访的前六个姑娘都一口回绝了我们。"

"我怀疑她们做得对。我完全不是理想的对象。"

"那个星期日,到达芭比家的时候,我们已经快要放弃。我们的话还没讲完,她就说:'我愿意接受他。我知道那家酒吧和那座农场。'于是我们把你从车里拎进了屋。"

"说不定那正是她铸下大错的时刻。"查理试图开个玩笑。

"她没错,"那位老师温和地插话道,担心查理会因为警长的自大——只记得自己在那个星期日的功劳而把别的忘得一干二净——而觉得受伤,"她迈出了人生最正确的一步。瞧你们俩今天的境况——孩子,钱。夫复何求?"

"说不定换谁都一样。"查理怀着不变的防备笑起来。

"差远了。爱情这档子事,我们现在听说的那么多,全都是一败涂地的例子。"那位老师言之凿凿地说。

"有一件事可以确定,"等查理给他们端来啤酒后,警长说,"我们不可能把威廉·柯克伍德绑进汽车后座,开车带他四处转悠一整个星期天,直到给他找到妻子。"想到这幅荒诞透顶的画面,两人开始哈哈大笑,直至流出眼泪,他们不得不把酒杯咚地放到桌上。等他们平静下来后,警长说:"噎死一条狗的办法有很多,不是只可以用黄油。"这让他们又哈哈大笑起来。

他们不知道的是查理一直站在走廊里,一边听一边气得浑身僵直。"这对母狗。"他暗暗地说,他的怒火在他挪步去招呼木隔板后面越来越喧嚷的那群人时逐渐平息。

"上尉的事,我们该怎么办?他似乎并不排斥那个主意。"警长在雅座里说。

"我们不能,如你所说,随便拉个老姑娘来。我们得努力用心地找一找。看见上尉结婚,那将是一件天大的喜事。"那位老师是认真的。

第一个接触的对象是艾琳·凯西,基迪村学校的初级女教师。她二十八岁,个子娇小,头发金黄笔直,喜欢看书,有一种含蓄之美。她的校长,麦克洛克林的一位朋友,在学校的午餐时间,一边喝茶吃三明治,一边提起这件事。她明确表示自己没兴趣,她正在同一个来自基拉拉村附近的同乡男孩约会,并在寻觅一所离家更近的学校,这样他们就能结婚。校长于是佯称那不过是他个人开的一个玩笑而已。"我们想看看这些富贵的皈依者在我们的姑娘眼里是什么形象。"

经过这一遭后,警长和麦克洛克林坐下来,花了一整晚列出一张女孩名单。他们确实严守诺言,没有随便拉个老姑娘进来。他们挑选的女孩个个都是当地的佼佼者,他们知道可能会遭到许多断然的拒绝,可他们琢磨着如何尽可能迂回审慎地进行这件事。

在这件事付诸实施以前,威廉·柯克伍德首次来到麦克洛克林住的平房用餐。他感觉不自在,那些低矮的房间、整体的舒适、雕花玻璃杯里芬芳的葡萄酒,以及麦克洛克林太太屡番的客套。在身为新教徒的那么多年里,他从未觉得自己和别人的差别如此巨大。最让他震惊他的是一位老师的家里竟然没有书。他不喜欢在餐后喝烈酒,可那天晚上,当他在前厅面对麦克洛克林,而麦克洛克林太太在洗碗时,他很庆幸自己手里有杯威士忌。在他的周围,夹杂在宗教画和小雕像中间，摆满了各种祖传之物，还有相片，里面反映的婚姻生活，似乎在以坚毅的乐观态度，向着某种人人向往的陈规定见迈进。他坐立不安，听到麦克洛克林说："我们已经开始物色了。"他几乎吼一般地问道："物色什么？"

"给你物色一个好女人。"麦克洛克林没有注意到他的那份不安，喜滋滋地露出微笑。

"亲爱的彼得……我一无所知……这太荒唐了，"威廉·柯克伍德立刻站了起来，"这真正是老掉牙。"他开始发出不祥的笑声。"幸好，没有人会接受我。试想一下，如果哪个可怜的女人愚蠢得愿意接受我，结果却发现我无法忍受她，那会是多么尴尬的事！我只得娶了她。对于任何不幸的两条腿生物，你别无选择。"

麦克洛克林被这突如其来的爆发吓了一跳，张大嘴巴，惊愕地坐在那儿。"我们以为你想结婚呢。"

"确实。我是想结婚。"

这脱口而出的肯定回答益发叫他吃惊。"你是不是已经有心上人了？"麦克洛克林对自己嘴上找到话说感到高兴。

"是。是有一个，"那回答来得更加爽快，"可那有什么用？她绝不会接受我。"

"我可以问一下她是谁吗？"

"当然可以。我心里想的是肯尼迪小姐。玛丽·肯尼迪。"

"噢，是这样。可我不明白你为何要这么激动，"现在轮到麦克洛克林回击了，"她是头一个我们考虑求亲的姑娘。"

令麦克洛克林惊讶的与其说是这位属意的人选，不如说是孤僻离群"古怪"的柯克伍德竟然心有所属这一事实。

肯尼迪家是地方上的一大望族，拥有优良的矿石地和部分森林，经营一家锯木厂和一家毗邻的小工厂，制作板条箱和用来缠绕电缆的巨型木卷筒。他们曾经富有得能把玛丽和她的姐妹送去斯莱戈的乌尔苏拉修女会学校。在那儿，玛丽得了个"丰臀"的绰号，那更多是因为她笑起来的活力而非臀部的大小。从乌尔苏拉毕业后，她去都柏林的梅特医院受训当护士。她一头黑发，个子高挑，五官轮廓太分明而谈不上美，但她身上有一种胜过美的激情和活力。就连她笑时挠头的动作、她大开立的站姿，也能把男人迷住。在梅特，她爱上了一位皮肤白皙的年轻医生。那位医生勤恳尽责，慢性子，起初他感到受宠若惊，可渐渐却步于她的活泼热烈。他们分手后，她回到家里，一连六个月，无精打采地在屋子附近游荡，有时一个人走出去很远很远。

正是在那样的一次出行中，威廉·柯克伍德在自家的田里遇见了她。她惊异于十月末光线的变幻，一路翻过山顶，然后，因为她的散步漫无目的，她越过石墙，跟随那道暮光，沿山冈而行。对于威廉礼貌的询问："有什么我可以帮你的吗，肯尼迪小姐？"她的回答带着些许淘气："没有，谢谢你，柯克伍德先生。我只是出来走一走。"因为一个当地人出来走一走，那是闻所未闻的事。玛丽·肯尼迪惊讶地发现，这位她小时候人们常嘲笑的"年轻的柯克伍德先生"——就是那个天气晴好时整晚在旷野里用望远镜观星、白天看书或躺在床上不起来的柯克伍德先生——成了一名中年男子，当然，他身材高大，举止优雅，但已经人到中年了。他们聊了一会儿，然后分别。她对这次邂逅没有想太多，但除了翩翩的风度外，最令她印象深刻的是他的坦荡，毫无猥琐之态。猥琐是她发现大多数爱尔兰男人在面对年轻女子时所流露的神态。

她回到了梅特，可她的自信心垮了，她必须让自己学着在病房或走廊上面对那位年轻的医生，在她想要躲藏或落跑时微笑并以礼相待。她清醒地认识到，在爱尔兰，大多数女性余生的社会地位，都是由一次不公平的掷骰子决定的，她有太重的肯尼迪家人的自我意识，因而对年轻的公务员、警察和监狱官——别的护士谈婚论嫁的对象——不感兴趣。威廉·柯克伍德认为他应该亲自去向玛丽·肯尼迪求亲，可他清楚得很，假如交由他自行处理，他会思前想后而无所行动。

"你们计划怎么去向肯尼迪小姐求亲？"他问麦克洛克林。

"反正我们没打算在某个晴好的星期天，把你塞进汽车后座，开车带你到处转悠。"此时麦克洛克林占了上风，"我认识她的一个哥哥。假如她有了别人或是不感兴趣，那就算了。肯尼迪家的人不会说长道短。假如反过来……"麦克洛克林双手一摊，表示一切皆有可能。

玛丽·肯尼迪仔细聆听哥哥捎来的求婚。她吃过苦头，已近甘心认命的年纪。机会不等人。

她回想起那次在田间的偶遇。自那以后，他们又碰见过几次，每次擦身而过时他都微笑敬礼。那栋石砌的大宅就掩映在柯克伍德家的树林里，围墙围起来的果园，林荫道，草坪，平展的田野……毫不寒碜的条件背景。

她曾经在女孩们中间妄言过的一番大话，重新涌上她的心头。爱情是不重要的，她曾宣称，她会嫁给谁就爱谁，无论她在婚前爱不爱那个人。这一想法终于可以得到检验了。她告诉哥哥，她愿意和威廉·柯克伍德见面，但不能应允任何事。

他们在威克洛酒店见面，并在那儿共进晚餐。她穿着一套黑色灯芯绒套装，配了一条朴素的银项链，对于餐桌上的繁文缛节，比威廉·柯克伍德更应付自如。

"我很惊讶，我们在田里相遇的那一次，你竟然知道我的名字。"她说。

"那十分简单。我仰慕你，所以打听了你的名字。可你怎么知道我的名字？"

"这地方只有一位柯克伍德先生。姓肯尼迪的有很多。"她报以微笑。

后来，当她看见他在酒店门厅里等她时，那身已经穿旧但剪裁精良的蓝色细条纹衣衫，那头浓密、细软的花白头发，盎格鲁-爱尔兰人突伸的下颚，军人警觉的外表，她明白，他比自己可能在城里撞见的大多数男人都要优秀，她注意到他的手是多么柔软修长，那是多年来养尊处优的结果。相比之下，她自己几个哥哥的手都是宽大粗糙。在她同意到乡下参观那栋石砌大宅和周边的园地之前，他们在城里又见了两次面，可她心中早已决定，她会嫁给威廉·柯克伍德。

她来到宅邸的那个星期日，安妮·梅第一眼见到她时她正站在前门林荫道的紫叶山毛榉下，肩上挎着一个手提包。威廉·柯克伍德正冲着她微笑。过去几个星期的慌张忙乱，几次的都柏林之行，熨烫衬衫和擦亮皮鞋的需求，一切都水落石出。充塞安妮胸口的痛，爬上她的前额，变成一道紧箍。没有人可以归咎，这是事物的自然规律，这只让整件事变得更令人痛苦。她甚至连生气都不能。

他们经前门往偌大的厨房走来，顺道看了书房和起居室，安妮·梅听见她在称赞楼梯。

"这个全是大理石铺的房间是做什么用的？"当他们走近时，她听见她问。

"那儿现在只是存放食品和餐具。以前，那里是切花室……在里面剪切玫瑰。"

当他们穿过门时，有的只是微笑和握手，可气氛极度紧张。假如威廉·柯克伍德对人性的了解更多一些，他就会看出这两个女人是敌人。

"露西在哪儿？"他问。

"我不知道。她一分钟前还在这儿。"安妮·梅说完，提出要去沏茶。

"我很愿意喝杯茶，"玛丽·肯尼迪说，"可我想先看看楼上的房间。"

他们花了很长时间走遍楼上的房间，当他们喝茶时，夜幕已经降临，仍不见露西的踪影。

"她一定是出去了。"安妮·梅担忧地说，她对自己的焦虑已转移到那个孩子身上。

威廉·柯克伍德陪玛丽·肯尼迪穿过田野，走上通往她家的路。当他们到达那间屋子时，里面坐满了肯尼迪家的人和他们的亲戚，其中大多数人是威廉第一次见到。这是一个愉快的夜晚，接近尾声时，玛丽心中了然，威廉·柯克伍德和这桩婚事均得到了许可。至于威廉，他喜欢那间宽敞、破旧、似乎摇摇欲坠的农舍，人们济济一堂，满桌的食物和威士忌，人们自得其乐的乐观天性，没有拘束的礼仪和忸怩害羞，令他更多地联想起政治庆典，而不是一场家庭晚宴。当他离去时，玛丽陪他走到林荫道上。途中，她第一次吻了他。她计划把婚礼安排在六月。那栋宅子得粉刷一下，要买新的窗帘，要选几样新的家具。"整栋宅子得重新开放启用。照现在的情形看，只有厨房看起来是有人住的房间。"

和她走在一起时，他觉得那个夜晚沐浴在幸福的梦境中，他会因不敢相信这个高大优雅、开朗活泼的女子即将成为他的太太而惊起。至于玛丽心里，她觉得自己少时的大话正在成真。她知道自己将会爱上这个把昵称讲得像发号施令的怪男人。"金星，火星，土星，再往东那儿是木星。"他正对着晴朗的夜空大声报出那些名字，她不得不忍住笑。她知道有不那么懂星星但能够更好利用星星的男人，可这一点，她会以后慢慢调教。

"还有一件事，"她在他们临别时说，"安妮·梅，得提前给她通知。"

"这个，我绝对做不到，"他话中急切的口吻让她吃了一惊，"她很年轻就来为我母亲做工。露西在这儿出生，在这儿长大。我绝不可能叫她们走。"

当看出他有多么激动时，她把手放在他的手臂上。"放心，亲爱的。你什么都不必做。我十分怀疑一旦安妮·梅听说我要在六月搬进宅子，她是否还会想要留下来。"

他们俩静立在大门口，她转过头，轻启嘴唇，迎上他的嘴唇，他感觉到她的身体撩拂着自己的身体，便将她拥入怀中。

到家时，他自己的房子一片漆黑。他知道后门没锁，但他情愿用钥匙从前门穿过空荡荡的厨房，让自己进屋。进了屋，他在冰冷的书房里坐了良久。他有很多事要思考，而其中尤为重要的是：他有没有办法顺利结婚而不让两个在他生命中占据重要地位的人受苦，她们自己什么也没有做，不该被驱逐到一个她们几乎毫无准备要面对的世界。

法定假日

　　天气一直反常，连续热了好几周，惨白的晨雾笼罩在河上，使铁桥上的行人如鬼影憧憧，那似乎在一定程度上预示了好天气将持续到假日过后。整个星期在部里，他听见姑娘们讨论着去乡下，讨论着一望无际的大海和大帐篷里的嘉年华舞会。河的对面，人们已经排起长队，等待公共汽车去海边——霍斯、多利蒙特、马拉海德。他，帕特里克·麦克多诺，没有度假计划，除了在城里闲逛，或许晚些时候会去山里。早晨，他感到某种游离的欣悦，仿佛在太空里一般。他的休闲鞋在人行道上发出的有力声响，似乎属于另外一个人，在走向另外一个地方。

　　一年前，他在乡下度过这个假期，置身于伴随他长大的房间、田野和石墙中，正如此前的许多年，他每年都在那儿度假一样。他的母亲仍在世，他的父亲在前一年的二月死了。在那上一次的假期里，最残忍的事是望着母亲走进屋子，向他的父亲讲述起她在院子里发现的某些东西——一只大红腹灰雀在啄食垄堤上的野草莓，一间棚屋的铁皮上生了斑斑锈迹——接着看见她在讲话中间忽然意识到保证会做出回应的她多年的伴侣再也不在那儿了。他们一直亲密无间。在他父亲眼里，她始终是那个美貌出众的佳人，即使在那成为过往很久以后。

在那上一次的假期里，他请母亲到城里来和他同住，可她甚至不愿认真考虑一下就拒绝了。"我在那儿只会碍手碍脚。如今我怎么也不可能适应那儿的生活方式。"之后，他竭尽所能地经常下乡去看她，大多是在周末，并雇了一位当地的妇人每天去探望她一下。不久，他发觉他的出现不再令母亲兴奋。她甚至对身边的大部分事物都失去了兴趣，而每当那份兴趣闪现时，她找的人不是他，而是他过世的父亲。肺炎在圣诞节前的几日里夺走了她的生命，她的遗体被葬在奥哈维利安教堂墓园她的丈夫旁边。他几乎有一种窃喜。事物发展的自然趋势，下一个就轮到他了。

他卖了房子和地。那片土地曾经足以肥沃得送他离家去上大学，却不足以肥沃得吸引他回来，除了放假以外。而眼前的这个假期是今后多年里第一个像这样的假期，他没有特定的地方可去，没有特定的人要探望，无所事事。除了这份自由感带给他的危险的欣悦，他亦怀着某些冷漠的忧惧，把它当作一次实验。

他没有继续沿码头往下走，而是跨过河上低矮的花岗岩围墙，伫立良久，隔着迷蒙的雾气，低头凝视着低潮期奔突的水流和裹挟的污物。他本可以脑中一片空白地在那儿站上大半个上午，可他还是抽身继续沿着码头往下走，一路转进韦伯书店。

韦伯书店的地板刚洒过水，清扫过，可与河上的光线相比，店里显得昏晦不明。他在二手书区的书架间走来走去，直到遇到一本引起他兴趣的书，他读了起来。他在那儿站了许久，直至穿着褐色工作服的经理到他旁边说话，他才回过神来。

"您有兴趣买这本书吗，先生？价格我们或许可以商量。这个架子上的书已经放很久了。"他手里拿着一把掸子，几根羽毛绑在一根竹条的梢头。

"我只是看看。"

经理走开了，那些羽毛拂过一排书脊，动作中带有惬意。那股魔力终结了，可说来也合情合理：书店总是要卖书的，他知道，假如他买下这本书，他绝不可能再像现在这样专心阅读。他朝相邻的书架走去，不想显出是被赶出书店的样子。他假装检查其他卷册。他拿起《伊丽莎白·麦克拉姆的求爱》又放下，草草打量别的书，始终往门的方向移动。留在那儿不再有乐趣。走出去时他努力不理会经理的瞪视，不知不觉中发现自己到了人行道上，阳光刺得人睁不开眼。雾霭已完全消散。天气热得难受。他早先的兴奋和自由感都消失无踪了。

事后，他将回顾这段在书店的小插曲。假如那没有发生，他会不会一样冒失地再度走进阳光里，发现城里热得不宜散步，不宜照心中原本的计划，坐上前往布雷的火车，在山里走一整天，直至满身疲惫、饥肠辘辘？或者，这样的失落是他清晨去河边散步时所感受到的那种欣悦的不可避免的结局？他永远不知道答案。他只知道，一走出书店他就再也不想去任何地方，他开始折返回自己的住处，途中买了一份报纸。他打开门，走廊的地上有一封电报。

电报的署名是"玛丽·凯莱赫"，一个他不认识的名字。似乎是一位很久以前的朋友、在纽约旅游局工作的詹姆斯·怀特，给了她他的名字。上面有一个电话号码。

他将它搁在一旁,坐下翻阅报纸,可从时刻意识到桌上那封电报的存在中他知道,他会拨打那个电话。此时的他烦躁不安,不想一个人待着。

詹姆斯·怀特和他相识于两人都还是青年公务员的时候,怀特稍年长一些——不过现在他们俩看起来好像同龄,也更有学问、更加直率、更好交际。有好几年,他们每个星期五晚上八点半碰面,这一固定的聚会,唯有节假日和生病例外,不曾因女朋友以及后来的妻子而有所改变,直至怀特调任到国外后才终止。他们约在酒吧见面,只在酒保或店里的常客能认出他们、他们有暴露身份的危险时才换地方。他们讨论各种思想、书籍、"人类的境遇",还有"现实与意识",那些时常在喝到第二杯或第三杯啤酒时才冒出来。如今,他几乎记不起那几百个夜晚里说过的任何一句话。他所记得的有一个酒保的面孔,雪白的头发横梳过来盖住光秃的头顶,是棒球投手克里斯蒂·林的热衷拥趸;还记得一口钟,一段通往男厕所的螺旋形铁楼梯,手腕骨碰到大理石时的凉意,夏天从外面经过的脚步声,打烊前倾盆大雨落下的声音。在近年的几次碰面中,他们俩不聊别的,只谈人和发生的事,仿佛以前那些聚会有种深切的尴尬:他们曾一度太过倚重那些聚会,如今好像麻痹无力了。

他拨了电话。那个号码是码头上一家小旅馆的。玛丽·凯莱赫接了。他邀请她共进午餐,他们相约在旅馆的门厅见面。他走去旅馆,一边走,一边又再次感到那种飘飘然、不真实的感觉,仿佛游走在一个纯洁无瑕的早晨里,尽管此时已过了中午。

当她在门厅起身朝他走去时,他发现她和自己一样高。一条红色带圆点的头巾绑着她亚麻色的头发。她身材魁梧,谈不上漂亮,可她的脸和皮肤光彩照人。他们聊起詹姆斯·怀特。她是在纽约一个派对上认识他的。"他说假如我去都柏林,一定要见一见你。你打电话来时我正要办退房手续。"她在邓多克有亲戚,她打算去拜访他们。三一学院有她想要看的手稿。他们沿着达姆街往前走,绕过三一学院的围栏,去他挑选的一家位于林肯广场的饭店。她来自纽约州的弗农山市,但之前一直住在芝加哥,即将在芝加哥大学完成博士学业,研究的是中世纪诗歌。她腿部棕色的皮肤上有颜色很浅的汗毛,她的皮凉鞋在走路时发出啪嗒啪嗒的声响。当她转过脸与他面对面时,他能看见那条棉布裙的衬里底下挂着一个小银盒吊坠。

伯纳多饭店的门开着,正对街道,里面只有两张桌子坐了人。

"大家都出城去度假了。我们可以独享这个地方。"他们被领到一张四人桌旁,就在进门处。他们点了一样的东西,蜜瓜配帕尔马火腿片,面裹油炸的小牛肉,一卡拉夫瓶的冰冻白葡萄酒。他力劝她多点一些,试试当季的覆盆子、奶油蛋糕,可她吃得小心翼翼,没有被说动。

"你经常来这儿吗?"她问。

"常来。我在这附近上班,就在转角处,基尔代尔街。一个老公务员。"

"你看起来一点都不像,可詹姆斯·怀特的确说过你在行政部门工作。他说你的职位可高了。"她露出打趣的微笑,"你做的是什么?"

"肯定没有中世纪诗歌那么有趣刺激。我处理的是法律，特别是劳动法方面的事务。"

"我能想象那一定十分刺激。"

"也许有点意思，可基本就是一份工作——和其他工作一样。"

"你住在城里吗？还是城外？"

"很近，就在这附近。我可以走路去大多数地方，甚至走路去上班。"接着他看见她犹豫了一下，仿佛想要问什么，但认为那不合适，于是他补充道："我有一间公寓。我一个人住在那儿，不过我结过一次婚。"

"你离婚了吗？我可以这么问吗？"

"当然可以。离婚在这个国家是不允许的。我们分居了。至今约莫有二十年，我们没见过对方一眼。你呢？你有先生或对象吗？"他转换了话题。

"有。一个我在大学认识的人，可我们已商定分居一段时间。"

没有沉默或不自在。他们对彼此的兴趣已远远超过他们的认知。她提出分摊账单，可他拒绝了。

"谢谢你的午餐，还有陪伴。"他们在饭店外面对面时她说。

"不必客气。"继而他犹豫了一下，又问道，"你下午有什么安排？"不愿看见他们之间这种流畅的互动受阻，可他明白，要接续下去几乎是不明智的。

"我要查一查明天去邓多克的火车。"

"那个我们可以去转角的韦斯特兰街查。不知道你是否有兴趣出城去海边？这样的天气，男女老少都聚集在那儿。"

"当然有。"她一口应道。

到了公牛海墙，付出租车费时他感到一阵宽慰。近来，奢侈便利的出租车已经成为他不再年轻、与同乡划清界限的专利，而这种优越感因身边有了这位光彩照人的年轻女子而益发强烈，她热切地回应他所指的每一处风景，包括海滨人行道旁用钢丝绳绑定在地上的棕榈树。

"它们看起来真滑稽。为什么要那么做？"

"很简单。这样它们就不会被飓风吹走了。它们天生不适于长在这样的气候下。"

他们走过厚木板拼起来的木桥时，他摘下领带，脱了夹克。桥的支脚很长，像鹳鸟似的，插在退去的潮水里。从海墙通往大海的岩石斜坡上人山人海，其中大多数穿着泳衣，在看书，听收音机，打扑克，眺望大海——海上，三艘油轮似乎被钉在了空蒙的远处。强壮一点的泅泳者，泳帽在水里一上一下，游出很远。其他人则仰面漂浮在岩石堆的近旁，手舞足蹈地爬泳，沿平行的泳道来回吃力地蝶泳，踩水时像海象似的呼哧呼哧喘气。

"以前我经常从这些岩石上游出去。我喜欢从岩石上下海，因为我一向讨厌让沙子进到脚趾间。满潮时，那些低处的岩石会没入水中。你可以从颜色辨识出潮线。"

"你现在不游泳了吗？"

"好多年没游了。"

"要是有套泳衣，我倒想下去游一游。"

"我相信你会觉得水很冷。"

她告诉他,以前她常去汉普顿斯的海边,和她的父亲、她的四个兄弟、他们家的败类约翰叔叔,约翰叔叔靠做废金属生意发了财,极其好色。她一边笑,一边讲述了约翰叔叔和一位英国贵妇的一次奇遇。

到了海墙尽头,他们朝下面的海滩走去,可那儿人潮拥挤,他们必须择路在中间穿行。他们往外挪到人较少的潮水边缘。就在那儿,她决定蹚水,他主动帮她拿凉鞋。当他提着她的凉鞋走时,之前他在韦伯书店看的那本书里的一句话毫无预兆地冒出来:"我们说,他在怎么过他的人生;结果我们用判断弥补了未能感同身受地体认生命自然进程的不足。"假如随便一段话给他留下的印象都可能胜过这位漂亮的姑娘、这海、这阳光,那他想必真的是衰老退化了。青黛色、如庞然大物的霍斯半岛,正对着地平线上一动不动的船只,似乎还在把它们往后推。

"哦,真冷。"她哆嗦着,从水里走出来,伸手接过凉鞋。

"即使热浪来袭时,爱尔兰的海也是冷的。前面是霍斯半岛——毛德·冈被比作帕拉斯·雅典娜,在那儿的车站等火车。"他努力扮演起导游的角色。

"我知道那行诗。"她说,并把一整句背了出来,"那一切在都柏林都不复存在了吗?"

"哪一切?"

"还有没有……诗人……在那儿?"

"有没有诗人?"他放声大笑,"他们说,在这个不幸的国家,诗人的常备军从没有低过一万人。"

"为什么不幸?"她接口问道。

"他们不创造财富。他们贪婪苛求。他们自视甚高。十个世纪以前,有过一次全民大会,企图限制他们的权力和数量。"

"是不是叫作德鲁姆什么?"

"德鲁姆·希特。"他补充道,因自己的抨击而显得不大自在。

"可你不认为他们有用吗——抛开财富?"她追问。

"有什么用?"

"比如他们用吟唱提醒疲累的桨手避开暗礁?"

"照我们这儿有的数目不行,是一个在对着另一个唱。可也许我不厚道。是有几位。"

"能见到这些诗人吗?"

"他们完全藏不起来。明晚我可以带你去几家他们经常光顾的酒吧。你想去吗?"

"太想去了。"她说,然后拉起他的手。完整的一天锁定了。返家的人潮尚未开始,他们乘公共汽车回城,车上空得很。

"晚上你打算做什么?"

"我可能需要看一些工作上的东西。你呢?你有什么安排?"

"我想我会休息。把行李打开,读点书。"她一边微笑,一边举起手。

他慢慢往回走,因为在韦伯书店小小的不愉快,返回公寓,走廊里的那封电报,事情发生了天翻地覆的变化。假如他没有回去,如今她应该已在邓多克,而自己则正考虑着在拉斯德拉姆附近某个地方找间旅馆过夜。回到公寓,他浏览了一遍为下星期与部长开会所准备的笔记。那涉及《劳工法案》里晦涩费解的一节。虽然那些笔记是他自己做的，可他觉得乏味极了，而且他感到一股烦躁不安，像是那种有时预示着要生病的烦躁不安。他想出去看电影或喝酒，可心里明白他真正想要做的是打电话给玛丽·凯莱赫。若说多年来他有什么长进，那便是养成了自律的习惯。明天自会来临。他会耐心等待，如有必要，把他的思绪毅然决然地集中在其自身的空白上，好比一个人在热情消退后祈祷一样。

"第十三节，第四段，明确规定，如果发生冲突或分歧……"他开始写道。

她下楼走进大堂时，她身上穿的橄榄绿连衣裙令他屏息；上身像衬衫，裙摆张成喇叭形。一条蓝丝带从她背后金色的秀发上随意地垂下来。

"你看上去美若天仙。"

星期日的街上冷清无人，石头散发出沉闷的热气。他们走得很慢，在几家商店的橱窗前流连。所有酒吧的门都开着，欧尼尔斯、英特纳雄耐尔、老台子，可里面基本都没有人。穆尼酒吧里有一股扑面而来的冰冷昏暗感，一个酒保在大理石台旁整理烟灰缸。他们点了一盘什锦三明治。坐在相对昏暗的空间里，吃着东西，抿着酒，望着街道，默默倾听格拉夫顿街上来回经过的脚步声，愉快而惬意。

正是在夜晚这静谧流淌的时光中，诗人走了进来，一个彪形大汉，怒气冲冲，没穿夹克，衬衫敞开着，大拇指钩在背带里，下面吊着一条松垂的裤子，一顶褐色的帽子往后推，露出大半个脑袋。他剧烈地咳嗽，胡乱把椅子推开，在相邻的那张桌旁坐了下来。

"别东张西望。"麦克多诺凑上前说。

"为什么？"

"假如我们和他对视，他会坐到我们这儿来。"

"他是谁？"

"一位诗人。"

"他看起来不像。"

"那应该深得他心。在我那地方工作的年轻一点的职员如今看起来统统像诗人。他是我们现有最优秀的。他是马路对面那地方的名人。他几乎以那儿为家，想必是被赶出来了。"

穿着白色短外套的侍者走到诗人的桌旁，面无表情地等他点单。

"一杯鲍威尔。"点的东西从一个沙哑、富有韵律的声音里传出来，"一份大杯的鲍威尔威士忌和一杯巴斯啤酒。"

又一阵急促的咳嗽，脚的刮擦声，一声叹息，喃喃低语，一句可能是祈祷或诅咒的话。他狂躁的身影更像具有众声喧哗的效果，而不像是单独一个人坐在椅子里。侍者端来酒，收了钱。诗人有力地翘起一条腿，搭在另一条腿上，手臂交抱，转开脸，朝无人的门口望去。接着，冷不防地，他站在了他们面前。他摊开手，手里有几枚硬币。

"麦克多诺，"他沙哑地喊道，忽然把手掌往前一伸，"你能帮我去对面买盒西旦吗？"他把那个法国香烟的牌子念错了，错得太离谱，让人完全搞不清他的意思。

"你是说香烟吗？"

"西——旦，"他又沙哑地喊了一遍，"法国烟，二十支一包。我在给你钱呢。"

"你为什么不在这儿买？"

"这儿没有。"

"你为什么不自己跑过去？"

"他们禁止我入内，"他虚张声势地说，"那儿的人都是一群愚昧无知、该死混账的猩猩。"

"行。我来帮你买。"他拿起硬币，但没有起身去马路对面，而是唤来那个侍者。

"你可以去马路对面帮我买盒二十支的吉坦烟吗，吉米？我本可以自己过去的，可我有朋友在这儿。"他自掏腰包，在诗人递过来的硬币上添了一大笔小费。

"这不合规矩，先生。"

"我知道，可就当帮我一个忙吧。"他们俩一齐望向吧台后的酒保，他们你来我往的每句话、每个动作，酒保都有密切留意。他颔首表示可以，随后立刻低下头，对着他正在台面下干的不知什么活，仿佛要撇清他的默许。

吉米穿过马路，不一会儿拿着那盒蓝色的烟回来了。

"你真是个可爱的老东西，麦克多诺。你是个平庸之辈。难怪你在世上活得这么如鱼得水。"在把香烟递给他时，诗人勃然大怒，他猛灌了几口，把他的酒一饮而尽，昂首阔步地走出去，一边嘟囔一边咳嗽。

"这实在难以置信。"她说。

"怎么了?"

"你帮那个人买了香烟,结果却挨了一顿痛骂。我不理解为什么会这样。"

"他要的不是香烟。"

"哦,那他要的是什么?"

"安慰,也许是,确信他仍有权威,受人爱戴,不可或缺,在被对面扫地出门以后。我让这儿的吉米过去,圆滑地回避了这件事。这是我遭到呵斥的原因。他一定是干了某些令人忍无可忍的事,才会不得入内。他在那儿小人得志。或许我还是应该自己走一趟的。"

"你为什么不去呢?"

"虚荣。我不想当他的跑腿。他可以去别处膨胀他怯懦如鼠的自我。让他见鬼去吧。他总是惹是生非。"她默默地听他把话讲完,"能够对人施以小惠,然后不放在心上,岂不是件乐事?"

"这话若传开去,你说不定得花大把时间施人小惠了。"她莞尔一笑,啜了一口杯里的苹果酒。

"既然你已见过这位名人,你还想去马路对面,看看另外那家酒吧吗?"

"我不知道。我们还可以有什么别的节目?"

"我们可以回我的寓所。"

"好啊。我很想看看你住的地方是什么样。"

"我们何不去对面瞅一眼，假如里面人不太多的话喝一杯。"他又放了几枚硬币，在仍留在桌上的找头旁，"他们能过去买吉坦烟，真是太通融了。他们照理是不该离开自己的场地的。"

对面酒吧的门没有开着，他推了一把，一股喧嚣声像热浪般朝他们扑来。那间酒吧地方很小，里面挤得水泄不通。后面，一扇彩绘玻璃窗发出的红蓝光晕，与酒吧雪白的灯光、从高高的窗户透进来的傍晚的光线，怪异地混合在一起。一台小吊扇在头顶无力地转着，原本的白色或黄色早已被香烟烟雾熏成了赭色。付钱的手，拿着硬币和钞票，越过别人的肩膀，朝马蹄形吧台后面的酒保伸去。一杯杯啤酒和烈酒不知怎的隔着吧台旁的三层肩膀小心翼翼地从一只手传到另一只手，犹如把体力不支的小孩抱出拥挤的人群一样。三个酒保忙得像要飞起来。

"你觉得怎么样？"他问。

"我想我们还是算了。"

"我每次进去那儿总感到有点胆战心惊。"他们一回到外面的街上，他便承认道。

"我明白。那种地方，到处都一样。我一度以为自己是在纽约的雪松酒吧。"

"是什么使得这些地方千篇一律？"

"我不知道。狂热，自我中心，虚荣，挑衅……人们疯狂地在人群中找寻某些人群中根本找不到的东西。"

夜晚的她如此妩媚，让他情不自禁地想靠向她。他不愿这么意志软弱。"我发现自己日益陷入一种乏善可陈的困惑中，"他说，"琢磨着那个陈腐、无意义的老问题,什么是人生?"

"就是活着这个事实吧,我想,一段持续的时间,诚如学者会说的。"她露出打趣的微笑,"苦苦思索想弄清那是什么,想必也是其中的一部分。"

"你那么年轻美貌,不像会说出如此睿智的话。"

"这听上去有点居高临下的味道。"

"我绝对没有那个意思。"

他领她参观房间,宽敞的客厅,内有橡木桌和磨损的红地毯,黄铜制的火炉围栏,白色大理石砌的壁炉,厨房,两间卧室。他望着她把那地方全走了一遍,拿起壁炉台上的海贝壳,放回去时和以前摆的不一样。

"真是一间温馨的公寓,"她说,"虽然依我的口味简朴了一点。"

"我是三年前买下这个地方的。起初我排斥把任何东西占为己有的观念,可现在我很高兴拥有这间公寓。嗨,你想喝一杯吗?或许来点茶?"

"我想喝点茶。"

等他回来时,发现她正在逐渐淡去的光线下翻阅一本本书。

"你这儿有那位诗人的作品吗?"

"这本可以送你当礼物,假如你喜欢的话。"他伸手从书架上抽出一本棕色的册子。

"我看见这本还签了名,"她一边说一边翻起书页,"赠帕特里克·麦克多诺,良好的祝愿。"她开始大笑。

"我曾经帮过他一点忙。我怀疑他今晚签名时是否会满怀良好的祝愿。"

"谢谢。"她说着,合上那本书,将它放进了她的手提包,"我会还给你的。归我,那不太合适。"沉默了几分钟后,她问:"你什么时候得回去上班?"

"星期二。明天是法定假日。"

"星期二你做什么?"

"日常工作。部里其实不用人管,只是我们中很多人以为自己不可或缺。下午,我得向部长做个简报。"

"关于什么的,我可以问一下吗?"

"《劳工法案》里的一节条款。"

"部长是个什么样的人?"

"他还行。一个机会主义者,在我看来。他干劲十足,当然,而且有爱尔兰人那种可怕的套近乎的天赋。他第一次出风头是把双杠放在一辆卡车的后面。在发表演讲前后他做了手倒立和翻筋斗,以取悦小镇和农村的人。德先生认为他很了不起,让他登上了选票数的榜首。现在的他自然更有政治家风范了。"

"你听上去好像不太喜欢他。"

"我们是一条船上的。"

"婚姻破裂时你有懊恼吗?"她换了个话题。

"那是自然的。最终,别无选择。我们无法共处一室超过几分钟而不大吵大闹的。我从来搞不清是怎么吵起来的,可回回如此。"

"你有和其他人约会过吗?"

"没有一个长久的。我上班。我去探望我的父母,直到他们去世了。在这个国家，这种孝顺的行为有时是人生的替代品——或人生本身。我们又回到了老话题上，我说得太多了。"

"没有。是我问的问题太多。"

"等你有了博士学位，你下一步准备做什么？"

"教书，写作，端盘子，我不知道。"

"你的丈夫或对象呢？"

"丈夫？"她说，"我们结了婚，可那已经完了。我们太年轻。"

"你要再来点茶吗？或是让我送你回克拉伦斯酒店？……或者你愿意在这儿过夜？"

她犹豫了一下，那一下长得像一个世纪，可实际大概不超过几瞬。

"我愿意在这儿过夜。"

她的话令他如释重负，他这才意识到自己之前的等待有多么焦急紧张。就好像没有合叶的门滑了回来，他得以重新走进那神秘的一个永恒的早晨，一个无瑕的早晨。事到如今，他知道那是大自然的一个古老的骗局，而且屡试不爽，只会加重那份讽刺和神秘。"明天我可以带你在城里逛一逛。假如你愿意，到时你可以退了旅馆的房间。这里有两间房。"他刚一开口，她就倒入在他的怀里。

在等待她时，那位诗人爆发的愤怒指控再度响起。这样的指控通常会化为怨恨，驻留不去，远久于称赞。可今晚不会，他像对待一个似乎没有回旋余地的问题一样将它推翻，任其撤销。即使指控属实，现在也基本无计可施了。它转而被早先他在海边回想起的那段话所取代；而他不是亲眼见过爱已在他年迈的母亲身上沦为留意农园周边的点点滴滴了吗?

"我希望你不是又在苦苦思索像'人生'这样的问题吧。"一声揶揄的召唤从卧室里传来。

"不。这次没有。"他起身去和她做伴。

早晨,他们在洒满阳光的厨房里喝咖啡、吃吐司,期待着他们即将迎来的这一整天。而后,他们走在城里无人的街道上,在去旅馆把她的行李搬回公寓前,到圣史蒂芬公园走马观花了一圈。

随后的几天过得如此自在,唯一的担忧也许就是太无忧无虑。美好的时光因夜晚享受两人世界的快乐而更添声色,她做的饭菜精美至极,他买的上好葡萄酒、鲜花。情欲从未被置于一旁,或因困难而激化。

假期结束后,他得回去上班,而她则把去邓多克的计划推迟,开始去三一学院的图书馆。办公室里很多人还没回来,第一天,他能够在没有打扰的情况下工作一上午。他要做的是把那节条款的相关部分摘出来,概括成几句简单的话。

在下午的会议上,更紧张的人是部长。他个子高大,肌肉发达,蓝色的小眼睛和浓密的红发,比他年轻十五岁,习惯不住地碰触近旁的人,不管是谁,显露出是在大家庭里长大的背景。他们把他准备的几句话翻来覆去地复述了好几遍,直到部长死记硬背下来。他当晚要上电视,因此担心得要死。

"干得好。"他在会议结束时释然地抓着麦克多诺的肩膀,"过一阵子,你一定要抽个晚上出来,和我们吃顿饭,见见我的老婆和孩子。"

"求之不得。祝您在节目上好运。我会看电视的。"

"我需要把我能求得的运气都用上。采访的那个狗婆娘恨我入骨。"

那天晚上,他们一起在公寓里看了电视辩论。部长的担心是有道理的。他从一开始就受到攻击,但奋力杀出重围。麦克多诺一边看,一边好奇他做的工作到底是不是必需的。在部长冗赘的用语下,他几乎辨识不出他写的那几句话。"我着重声明……我明确否认……无论如何我毫不含糊地说……在就这件事咨询了现有最精辟的见解后。"(那想来是指麦克多诺本人的见解吧。)

"你觉得怎么样?"他在关掉电视机时问。

"他还算有感染力,"她谨慎地说,"可能不够内行。在美国身居他这一职位的人估计也好不到哪儿去,只是肯定要表现得更加八面玲珑。"

"他曾经擅长过手倒立和翻筋斗,"他说,惊讶于自己所感到的失望,"我已经险些喜欢上他。有时我真希望我们能有更高明的属员。他们统统会对他说他干得漂亮。我们能怎么办?你想出去稍微走一走吗?"

"为什么不呢?"她伸手去拿毛线开衫。

两天后,她去了邓多克,她打算在那儿待多久还未定。"我猜,我这么大老远来,他们肯定期望我过完周末。"

"你务必照你的意愿来。你有钥匙。我不会外出。"

他们如此自然地走到了一起,那共度的时光好像一段没有举行任何惊天动地仪式的婚姻。

年轻时的他渴望拥有太多东西，于是他的恐惧也蔓延。既然他几乎失去了一切——身处首先受到冲击的位置——这不免令人惊讶，他竟然遇上这非同寻常的喘息空间。

怀着简直不敢相信的心情，他回想起自己人生中唯一有过的一次爱情，一段只有痛苦的爱情。在另一座城市的一间酒店房间，由于在她身旁无法入睡，他起床，穿好衣服。在离开房间前他驻足了一下，凝视她睡梦中平稳的呼吸。那个喘息的瞬间要做的仅是吐出一个词，然后满满一世界的幸福就到手了，可那个词永远说不出口。他走在清晨的街上，直到折回酒店时，他路过一个刚开业的集市，买了一大串葡萄。那些葡萄颗粒很小，有点发黄，但依旧水灵灵的，甜得让人难以置信。她刚醒，没有错过他走进房间的那一幕。他们把葡萄放在床罩上吃了起来，每当她把小串小串的葡萄放入嘴里时，他都会想起她黝黑的腋窝。他一心想要抚摸她，可他们之间的一切似乎如此脆弱，他害怕得连动也不敢动。如今，似乎任何微小的动作都会带来灭顶之灾。后来，她大笑着，把葡萄籽吹送到他的脸上，伸出双臂，将他拉倒在床上。她想要他们共度的最后一天快快乐乐。她即将嫁给另外一个人。后来，他记得自己在机场的登机口之间奔跑，寻找所有已经起飞的航班。

把那段时光与刚过去的时光并列，给它们取同样的名字，真是莫名其妙。那段时光曾过得多么缓慢，仿佛在等待某些事情的开始；眼前的时光，分秒飞逝，像空气一般无声地溜走。

两天后的傍晚，他开门走进公寓，发现玛丽·凯莱赫在里面，好像她从未离开似的。

"你没想到我这么快就回来了吧？"

"我以为你还在邓多克，可我很高兴，我太高兴了。"他将她揽入怀里。

"我在邓多克待够了，而且我想念你。"

"你在那儿过得怎么样？"

"挺好的。那些表亲很热情。他们有一座小房子，里面塞满了东西——宗教画、家具、照片。几乎没有可以转身的地方。他们做每件事都谨小慎微，斟酌再三。过了一阵子，我感觉自己几乎无法呼吸。他们做了他们所有能做的事，让我感到自己是受欢迎的。我终于读了那些诗，"她把那本棕色封面的书放到桌子上，"我在回来的火车上又读了一遍。我很喜欢这些诗。"

"我老早就怀疑，那些纯粹谈情说爱的十四行诗全是写给他自己的，"麦克多诺说，"这就是为什么那些'愚昧无知、该死混账的猩猩和平庸之辈'会统统受挫。"

"有几首很滑稽。"

"我真高兴你喜欢这些诗。里面有几首陪我走到今天已有些年头了。你想出去吃点东西吗？比如，去伯纳多？"他问。

"我情愿待在家里。我已经看过冰箱。我们可以凑合着弄点吃的。"

那个周末，他们一同去山里长途郊游，那是他们相识那天他本来打算做的。不到两点，他们在布莱辛顿附近的一家酒吧歇脚，喝了一杯酒，吃了三明治，然后他们决定从那儿继续赶路至拉斯德拉姆，在旅馆住一夜，而不折返回城里。

在旅馆几乎无人的餐厅，就在用餐之际，他问她是否愿意考虑嫁给他。"有很多不利的因素。我五十岁了。你必须试着搬来这儿定居，在这儿你将是一个异乡人。"他继续往下说，现有的一切已经超过他曾经的期许，他愿意维持现状，可假如她想要更进一步，那么就更进一步。

"我以为你在这儿不能结婚了。"她的语气深情款款。

"我的意思是除了名分以外；就算名分，也可以想办法，假如你真的想要名分的话。"

"什么办法？"

"用钱。境外离婚，去别的国家结婚。美国，比如说。"

"你难道看不出我已经爱上你了吗？看不出那无关紧要吗？我是在半开玩笑。你看上去好严肃。"

"我是严肃的。我想要把事情讲清楚。"

"很清楚，我很开心——而且非常欣慰。"

他们商定，她将比原计划的在都柏林这儿多待一个星期。圣诞节，他将去纽约一个星期。到时她已经拿到她的博士学位。詹姆斯·怀特会大吃一惊。眼前看不见有棘手的障碍。他们如此疲惫而幸福，仿佛他们已经拥有了无穷无尽的时间和金钱。

乳品厂经理

账簿和文件已被搬了出去，但无人阻止他走进他的办公室。他厌倦了独坐在那儿谛听雨水打在铁皮上的声音，于是来到外面的平台上。从那儿他可以俯瞰那些排起长龙的牵引车，后面拖着钢罐，等候时，雨刷器在挡风玻璃上迅猛地画出不绝的弧线。他叫得出坐在驾驶室玻璃窗后面的每个人的名字，那是他多年前来到这家乳品厂当经理时特别留意的第一件事。时常，在夏日的雨天，若不用急着晒制干草，他们中的许多人会把车开到平台下方，坐在一起聊天。当他高喊出他们的名字时，那些粗糙而又天真的面孔会喜洋洋地抬起来应声，有些人还会闪几下他们的车灯。

今天没有人抬头，可他看得出，他们在经过以后从后视镜里观察着他。他们大概已经比他本人更确切地知道等待他的是什么。可即使知道，他也宁可他们抬一下头。这是他终其一生的弱点，想要取悦别人，给人快乐。

奉告祈祷的钟声从库特浩村传来，他开始以为他们可能又要推迟一天来拘捕他，可最后一声钟响过去没多久，他就听见笨重的长靴穿过水泥地。一下低沉的叩门声，警员凯西站在门口，但不见警长的身影，另一名警员是盖德警员。

"你知道我们为什么来这儿吧，吉姆。"警员凯西说。

"我知道，内德。"很快，那位警员宣读了逮捕声明。

"那么，你可以跟我们走了吗？"

"当然可以。"

"我很抱歉必须这么做，但这是规矩。"他拿出一副亮闪闪的手铐，中间连接的金属杆上系着一条绿色的小丝带。盖德很快将他和凯西铐在一起，收回钥匙。系有绿丝带的金属杆把两人的手腕分开，但手和臂肘碰在一起。这使得他们走起路来僵硬迟疑，步调一致。水泥地被用水管浇得干干净净，他手下的人却不见踪影。乳脂分离器的电动嗡鸣声盖过了他们的脚步声，他们穿过工厂，朝警车走去。

到了警察营，警长正和一位治安特派员在等他，那是一位来自教区另一边的老师，他们立刻开始了初审。警长板着面孔，一副高深莫测的样子。

"那个星期日去克洛尼斯镇的事，真对不起，"乳品厂经理在紧张不安中脱口而出，"我只是想大家一起出去玩一天。"

警长板着的面孔并未松弛下来，仿佛经理压根没有说话。问他有没有律师。他说没有。他想不想找个律师？他需要吗？他反问道。现阶段不是必需的，他被告知。既然如此，他们可以开始了。他得到提醒，他所说的一切，都将成为呈堂证供。他可以保持沉默。虽然他是直接的当事人，可那似乎基本和他无关，也没有花很长时间。今晚，他将留在警察营。单人牢房已为他准备好。明天，他将被转去蒙乔伊监狱，等待审判。目前的审讯结束了。气氛稍有缓和。他感觉自己像一节火车车厢,被手扳的铁道推入了某条旁轨上。那再适合他不过。他从来不是一个有主见的人,也没有抱脱罪的希望。

不到一个月前,他买了乌尔斯特杯决赛的看台票,请警长和警员凯西去克洛尼斯。当时他业已知晓下场不会远了。那想必是出于懦弱和一种想讨人欢心的旧习。如今,那成了整件事里唯一让他不堪面对的部分。

他们坐着警长的小福特车出发,警员凯西和警长坐在前排。他们俩都是大块头,凯西正在迅速发福中,但警长仍保持着几分运动员的精壮身材。数年前,他曾三四次效力于卡文队,在该队当过几个赛季的外围球员。

"吉姆,你这个要命的家伙,居然去买了几张看台票。"车子行驶在尘土飞扬、白茫茫的马路上,凯西说了第五遍。

"那有什么要命的?我们难道不都是乌尔斯特人吗?即使我们被困在西部。这是一个出游日,一个换换新鲜空气的日子。而且,我们的警长还为卡文队效力过呢。"

"一两次,一两次,试用性的。几乎称不上'效力'。我的水平完全不行。"

"大家都说你的水平好得不得了,是有人拉帮结派。"

"你现在是在责备选拔的人了。选拔的人有职责在身,他们不可能把每个人都挑进去。"

"不止我,别人也说他们拉帮结派。他们有自己偏爱的选手。你被称作'钢炮'不是没有原因的。"

一辆轿车停在转角,迫使警长不得不向外一闪,拐上那条路。

前面什么也没有。

"你会以为那辆车是专门停在那儿制造车祸的。"

"他们如今都开着车到处跑，"凯西说，"可骨子里还是和赶驴车一样。"

要使谈话不中断，始终是一种煎熬，可沉默更让人难受。路旁的草树丛中有许多小花。

当他们在看台入座时，未成年组赛进行了一半。上帝眷顾的一点是：虽然他的家乡离克洛尼斯不远，但坐在附近座位上的人没有一个是他认识的。未成年组赛结束了。成年组的选手一上场，那传球的爆发力和速度就令他惊异。比赛一点也不胶着。卡文队逐渐领先，轻松迈向胜利。他感受到了一种不真实的气氛，就像三个男人在看着自己观看比赛，这使他满心欢喜地向穿梭于座位间的小贩买了橙子，分给大家吃，剥去果皮，品尝带苦味的汁液。只有一次，他吓了一跳，坐立不安，那是在警员凯西议论卡文队强大的防守后卫与蒂龙队的前锋争抢时："枪手今天真是一个都不放过啊。"

散场时他就没有那么幸运了。在小镇挤满人的街道上，一个声音喊道："这不是吉米·麦卡伦吗？"旋即整条街上的人似乎都认出了他。他们拦住他，伸出手臂搂着他，拉他去酒吧。"乌尔斯特杯决赛，瞧瞧我们晚上将有的节目，这只是刚开始。"

"下次，米克。下次，乔。见到你们真高兴，可我们得回去。"他拼命地疾步前行，没有介绍他的两位同伴。

"你似乎是镇上最受欢迎的大红人啊。"他们一挤出重围，警长便挖苦道。

"我的家乡在这儿附近。"

"受欢迎总比湮没无闻强。"凯西出言为他辩护。

"在一定道理上是。在一定道理上是,"警长说,"每件事都有其道理。"

他们中途在贝尔特比特的绿茵酒店喝了下午茶。他趁他们吃东西时偷偷溜了出去,到前台付了餐费。除了警长的汽油钱,那一整天的开销全由他支付。傍晚,在警察营外分别时,他们提起了这一点。

"今天真开心。我们以后得把乌尔斯特杯决赛定为一年一度的聚会日。但明年,归我们买单。明年你一分钱都不准出。"警长说,不过他仍看得出他们满足的喜悦,因为整趟出游没有花他们一分钱。

初审暂告结束,一股令人捉摸不定的气氛潜入休息室。他们是否觉得因那天而受到连累?他没有看他们的脸。临河的那扇门必须解去锁,好让治安特派员离去,并在他走后再度锁上。他瞥见警长和警员凯西对视了一眼。

"你还是领他去看看他的地方吧。"警长说。

在临河那扇门的右边有一扇厚重的红色大门。没有上锁。凯西将它徐徐打开,领他去今晚他过夜的牢房。

"条件不太好,吉米,可我们已经尽力了。"

冲洗过的水泥地面依旧潮湿。水泥地上用木板搭了一个低矮的平台,上面摆着一张床垫。床垫上有一个枕头和几条灰色的厚毛毯。墙壁的高处开了很窄的一扇窗,中间有一道钢筋栅条。

"没关系。已经再好不过了。"

"你有任何需要,只要砰砰敲两下或喊几声就行,吉姆。"随后那扇厚重的门关拢锁住。他听见门闩拉上的声音。

他漫不经心地摸着枕头、粗糙的毛毯,抚过床垫,用手掌测试了一下木制的床架是否牢固;那些木板是白色的松木,也是刚擦洗过。角落的钢桶旁有一个旧油罐。他小心翼翼地将它搬到窗下,爬到罐子上,抓着那道铁栅,于是,他望见了窗外两边的风景:一块类似草坪的地,一个圆形花坛,铁丝网,桑树的一根树干,金合欢树,一段河道。下来时,他尽量不发出一点声音,可他踩着油罐的脚刚一松开,罐子就咯咯响了几下。

"你没事吧,吉米?"凯西立刻焦急地在门的另一边问道。

"没事。我只是在勘察一下周围的环境。我马上就去躺一会儿。"

他听出凯西犹豫了片刻,但随后休息室的空心木地板上响起他的脚步声,正朝那副桌椅走去。既为打消凯西的疑虑,又完全是出于需要,他把一条灰毛毯铺在床垫上,然后躺了下来,解开衣领和领带。这张床很硬,但算不上不舒适。他躺在那儿,有时思考,大多数时候他的头脑和白色的天花板一样,一片空白;偶尔,他迷迷糊糊地睡着又醒来。

有几件令他庆幸的事……他的父母死了……他不必面对母亲不解的悲痛。他几乎没有内疚。股东会把他当作一项与其他利润相抵销的亏损而不理他。历史悠久的乳品厂不会因这点损失而哭天抢地。一直以来他总是害怕伤害别人,即使在不喜欢他们时,他仍觉得自己在一定程度上理解他们,能设身处地站在他们的立场,而嫌恶几乎就到此为止。诚然，他见识过邪恶和围绕邪恶的愚蠢、无情、折射出黑暗的大笑，可是，他也渴望过爱。如今他感觉那份渴望比以往更强烈，即使眼看他现在的处境，他落得的下场。

另外那种黑暗，包围生活的层层黑暗，曾一度困扰着他，可他早就放弃了想从中得出什么结论的愿望，像一个天资不足的人，而且他不再在乎。如今他确信，来到这个世界，和走进这间简陋的牢房没有两样。日光恒定地照在他头顶，被那根栅条一分为二，桑树叶之外，一根无线电天线消失在一丛高高的树杈间。他可以拿此开玩笑，可独自一人开玩笑是一种疯狂的表现。他需要一群听众，一团熊熊燃烧的炉火，几巡酒，还有一整晚漫长的等待。

此刻，除了刺骨的寒意，他还深深感到另外一个事实。多年来他一直做假账，最终被关进这间牢房，这期间——直到四年前那笔突然飞来的遗产才使他偿清了债务——每当他被人知道手头宽裕时，他一开口，所有借出去的钱马上就会源源地还回来，可每次眼见他身陷窘困的绝境，从来没有人施予过他真正有价值的回报。那不是一幅美好的画面，可在这间牢房里，如今的他离尘世已太远而不愿对此多作计较。

他逃脱过一些事，那已经足矣，不能再贪求更多。第一样是教士领，把自己一生的痛苦和快乐付诸在坚持一种思想上，并用意志相信那种思想是正确的。那险些逃不过，尤其因为他的母亲对他也有这份期许；可是性的吸引力太强大，梦见一个女孩穿着丝绸连衣裙在花园中间，这给健康的动物本能披上伪装。终其一生，他游走在各种伪装之间，现在仍是如此。他甚至逃过了婚姻。他爱过的那个女孩,一头乌黑的秀发往后一甩,侧过脸哈哈大笑,太聪明而不可能嫁给他:没有一种关系可以经得起第二次的献身激情。让他向婚姻屈服的是那个他并不爱的姑娘,因为姑娘告诉他她怀孕了。那个周末,当她发现自己实际上没有怀孕时,他们去了大都会酒店,在跳舞和喝酒中度过一整晚。他庆祝自己脱身了,可以畅快地呼吸,姑娘庆祝他们现在可以自由地选择结婚,生许多小孩:"不和新教徒结婚成家。""压根儿不结婚成家。"在这么多的伪装中不缺的是反讽。

他送出去的钱,他收回来的数目,还有大笔未归还的款项,他付账请大家喝的酒,他呼唤的名字,他认出人时的喜悦,对着天空大喊出的他本人的名字;"月亮舞者"在凤凰赛马场赢得比赛的那一日,还有其他日子、其他输掉的马……这一切逐渐淡去,只剩下请警长和警员凯西去看乌尔斯特杯决赛这个不起眼的逢迎之举。

门闩拉开了,凯西站在门口。"来吃点东西吧,吉米。"他不曾意识到牢房的光线有多暗,直至出来走进休息室,他必须用手遮在眼睛上方挡光。他以为自己会在休息室的桌旁吃饭,可结果他被带过一条长长的走廊,来到警长的住处。从餐具柜上的大镜子里他能看见大半个房间和凯西,凯西双臂交叠站在他的正背后。

"谢谢。"用餐完毕,他在一张证明他们给他提供了食物的凭据上签了名后说。跟着凯西,他重新穿过长长的走廊,回到休息室。就在他踩着空心的木地板朝牢门走去时,凯西叫住了他。

"现在还不用进去,吉米。你可以在这里坐一会儿,烤烤火。"

他们坐在炉火前的黄椅子上。凯西花了很长时间用火钳拨弄泥炭,让它们整齐地围绕着炽燃的火芯。他们背后的桌上放着厚厚的执勤簿。一排警棍盒和闪闪发亮、系着绿丝带的手铐挂在墙上的弯钩上。一张什么也没有的小床,贴着属于牢房的那道墙壁,床头上方的墙上有电话。凯西的床和他所睡的光秃秃的木板台子,中间只隔那道牢房的墙壁。

"你觉得他们什么时候会来?"等警员似乎满意地排列好泥炭块后他问道。

"他们会于明天上午的某个时刻到。你知道吗?这一切真让我感到过意不去。可很遗憾,事情只能如此,没有一点办法。"凯西沉默良久后说。

"反正现在已经结束了。"

"你知道我想的是什么吗?周遭吃白食的人太多。他们占了便宜。照理,在这儿的人应该是他们而不是你。"

"我不知道……我不这么认为……是我容许事情发生的……甚至是我怂恿的。"

"你不介意我问一下这个吧?是怎么开始的?假如你不愿说就别回答。"

"就我所知是从小事开始的。'轻忽小事的他……'"

"'……不久必会失足,铸成大错。'"凯西用低沉的、若有所思的声音把引述的话讲完,一边又开始调整炉火,"不。我不愿扯那么远。那太严苛。你会认为我们正在冒犯的是全能的上帝。毕竟一家古老的乳品厂算什么?它仍将继续收购牛奶,生产出我们所需的黄油。不。只有在法律上它才是关系重大的事。"

"有几次我以为我可以洗手不干,"他缓缓地说,"可事实是我没有。我认为人不会改变。他们喜欢幻想他们会改变，仅此而已。"

"也许他们会改变，假如他们足够努力的话——或是迫不得已。"凯西说这话时并未显得很有把握。

"到时那几乎总是太晚了，"他说，"我唯一感到十分过意不去的是几个星期前的星期日请警长和你去看乌尔斯特杯决赛。把你们俩也牵扯到事情里，那是不对的。"

"警长对那件事耿耿于怀。在我看来他错了。这里面有什么个人恩怨呢？你给了我们一个快活的出游日，一个换换新鲜空气的日子，"凯西说，"而且那时一切正常。"

问题就在那儿，当时一切并不正常，他正要说，可又决定作罢。现在一切正常了。他曾经害怕自己的恐惧，并将那种病态散播到各处。既然他最害怕的事已经发生，他就不再感到害怕。他自己的人生似乎正过得称心如意，仿佛他又在人群中恢复了自由。

你认为人会改变吗，内德？他想问凯西。你认为人会改变，还是生来就被赋予一种宿命，他们只能遵循？在这整片混沌中运气扮演什么角色？

凯西又重新调整炉火，很明显他愿意畅谈任何话题，可发现他不想再聊下去。他觉得在这些问题上他知道的已经多得永远不会再多。继续讨论下去可能只是一种无谓或换个角度看克洛尼斯的事。他喜欢这位警员，可他不想再拉近距离。

很快，他就得向他告辞，返回他的牢房。

乡下的葬礼

在喊过弟弟以后，方奇·瑞恩坐在轮椅里，越来越不耐烦地等着他出现在狭小的楼梯上，后来，当菲利一下来，坐到桌旁时，方奇就推着轮椅，靠向另一边的墙壁，等他吃完。这股沉默的压力激恼了在吃饭的菲利。

"母亲还没起床吗？"他陡然问道。

"她不想起床。我把茶端给她以后，她又睡着了。"

菲利用平视的目光盯着他哥哥，可方奇做的只是将他靠墙的轮椅往前挪了几英寸，接着，以同样倾斜摇摆的动作，任轮椅又退回几英寸，巨大的手始终紧紧抓着轮子。脑袋硕大、躯干粗壮的他，有时看起来好像马戏团的侏儒。臀部以下没有腿的裤管折拢缝了起来。

菲利故意慢悠悠地给吐司涂黄油，一小口一小口地吃着熏肉片、鸡蛋和香肠，慢悠悠地抿着茶，但他不是天生的铁石心肠。他的怒气来得快消得也快，他对哥哥的态度迅速软了下来。

"待会儿，你有兴趣去马利根喝杯啤酒吗？"

"我得去买东西。"

"既然如此，可别让我耽误了你的事，"菲利尖酸地回应这断然的拒绝,"我可以自己出门,完全没问题。"

"不忙。我等会儿去把杯盘刷了。回到一间干净的屋子让人心情愉快。"

"这些东西我可以洗。我在沙特阿拉伯都是自己洗的。"

"你现在在休假中,"方奇说,"我没有急事,只是这个时间去喝酒对我来说太早了。"

三个星期以前,菲利意气风发地从油田回到家乡。他每次回来总是那么兴致高昂,而且将持续几日。他忙着分发带回家的礼物,尤其是给母亲的;他喜滋滋地看着母亲稀疏的发丝垂向他买给她的小地毯,亮丽的流苏挂在她的手指上;和老同学聚会,和邻居聚会,不停地买酒请大家喝。在油井旁生活了数月后,他内心向往友伴的热望和在一巡巡喝酒庆祝中获得的喜悦使他看不到那个可怜的事实:我们投下的通常不是光而是影子。如今,那所有的热度都已消退,剩下他一个人,孤单无伴,迎来又一个寻常的上午。他没有再同方奇多言,离开家,想不出更有意思的事,只好朝马利根酒吧走去。

由于天气晴好,许多院落的门敞开着,人们坐在门口,脚向外伸到人行道上。一位年轻的金发女郎正在给脚指甲涂红指甲油,一辆婴儿车在院落尽头一扇门的门口为她遮阴。他经过时这位女子没有抬头。渐渐地,人们在这儿有了他们自己的生活,他的返乡打破这种单调,而几天以后,他又成了外人。

马利根酒吧的酒保为菲利斟好啤酒后,就把摊在柜台上自己刚才一直在看的报纸递给他。

"你自己不看了吗?"菲利出于礼貌问道。

"我已经看过至少两遍了。从早上起,我就把它看得能倒背如流了。"

另有三位客人,散坐在酒吧里,在桌旁慢慢地啜饮啤酒。

"那些报纸上向来什么都没有。"其中一位客人说。

"尽管如此,你总还是想着会碰巧读到点什么。"酒保语带希望地回道。

"他们就是那样骗你钱的。"那位客人说。

敞开的门口人来人往。没有人经过时,混凝土浇筑的地面反射出自身灰白暗淡的光。菲利一边慢慢翻阅报纸,一边抿着啤酒。酒吧里等待的沉默变成一种太近的回声,呼应着他所感到的团团围绕着他生活的虚空。他在一边啜饮一边翻报纸时,决心不再多喝。假如他再喝下去,这一天将会难受得熬不过去。他准备回家,告诉母亲他打算提早返回油田。他还有别的可以消磨时光的地方可去,去巴林岛途中将路过伦敦和那不勒斯。

"他刚回来时可轰动了,"菲利一离开,一位客人就对着空荡荡的酒吧说,"他买的东西堆得高过他的人。如今,那个坐轮椅的哥哥不再同他做伴了。"

"太多,太多。"另一位客人语气强硬地补充道,虽然根本不清楚他指的是什么。

"等那个哥哥也投降弃杯,想必事态就严重了,因为他是个酒缸子。你会以为那张轮椅是没座面的。"

酒保不吭声,用不以为然的表情盯着他的三个顾客。鲜少有比这种顾客一走就在"背后"说三道四更令他厌恶的。他响亮地翻动报纸,犀利地瞪着三个酒客,直到他们安静为止,然后他低下头,再度慢慢浏览报纸。

"前几天我听到一个好玩的笑话,"一位酒客心中不服地聒噪起来,"穷人一辈子唯一出门旅游的机会就是在他们生病时。他们从一个地步走到另一个地步,运气好的话,再回到本部。"

另两人觉得这个笑话逗噱极了,一人用酒杯猛敲桌子,表示激赏。接着,他们望向酒保,看他是否赞同,可他只是抬起眼睛,心不在焉地向外盯着那段灰白的混凝土路面,直到这小小的起哄平息、他能够继续再度浏览报纸为止。

菲利沿着街道缓缓往回走。那个金发女郎已经涂完脚指甲油——艳丽的朱红色,她把后脑勺靠在一扇门的侧柱上,眼睛闭拢,让脸和喉颈完全暴露在阳光下。她的腿伸在那辆有遮蓬的婴儿车底下,车里没有一点声响。放眼望去,草地的栏杆后面,头戴贝雷帽的老人在玩滚木游戏,一面袖珍法国国旗插在栏杆上,迎风飞扬。

菲利预想会走进一个空荡荡的房间,可他一把钥匙插进门里,就听见提高嗓门的说话声。他按住钥匙不动。他的母亲在楼下。她和方奇在争执。内心突然涌起一股小小的可喜的期望,他转动钥匙。里面两个人只顾互相理论,没有注意到他进屋。他的母亲穿着蓝睡袍。她站着,腰板挺得格外直。

"怎么了?"他们吵得太投入,以致朝他望去时仿佛他是破门而入的窃贼。

"你们的舅舅彼得昨晚死了,在格洛里亚。库伦家刚打电话来。"他的母亲说,这下轮到菲利用困惑的目光望着母亲和哥哥,仿佛他不太明白他们为什么在这个房间里。

"你们必须一起去一趟。"母亲说。

"我搞不懂我们究竟为什么非去不可。我们二十年没见过那个人了。他压根没喜欢过我们。"方奇激动地说,转过轮椅面朝菲利。

"我们当然得去。如今我们是他唯一的亲人。假如我们不去,那会显得不像话。"菲利本会抓住任何一个插科打诨的机会,但充盈他脑海的格洛里亚沼泽区的画面,以惊人的明亮和宁静,障蔽了眼前的时空。

"那不表示我一定得去。"方奇说。

"你当然得去。他是我的舅舅,同样也是你的。"菲利说。

"假如没有人去参加可怜的彼得的葬礼,愿上帝赐他安息,我们会成为乡下人们多年议论的对象,"他们的母亲说,"这个世上,就算别的事我一概不知,但我知道那儿的人是什么样的。"

"不管怎样,我肯定没办法坐着这个去。"方奇鄙弃地指指他的轮椅。

"那没问题。我可以租一辆奔驰车。坐那种老破车,你不会想要亲自跟着去吧,母亲?"菲利突然发问,话里藏着谙达的幽默和歹意,回应这条建议的沉默,肃然得宛如有人讲了某些下流淫秽的话。

"我已经多年没有走出自己的家门半步,我在格洛里亚就像一粒微尘。去参加可怜的彼得的葬礼，结果变成我自己的葬礼，那太没意义了，愿上帝赐他安息。"她说话的声音里突然透出一种衰弱，那只是从不同的侧面突显了其心意已决。

"他压根没喜欢过我们。好几次我觉得他若逮到机会，会把我扔进沼泽洞，就像他把那条开始吃鸡蛋的黑惠比特犬溺死一样。"菲利说。

"他已经不在了，"母亲说，"在我们需要时他伸出过援手。不管他喜不喜欢我们，那都是事实。"

"你自己一个人怎么过呢？"方奇问，仿佛已经接受了他一定要去的事实。

"隔壁的奥布莱恩太太，你同她讲一声，她难道不会来看我吗？而且，我不能自己打电话给她？出城换个环境，对你们有好处。没有其他可以信赖的人能回来告诉我发生的情况。"她说起恭维的话。

"通知约翰了吗？"菲利打断道，问起他们的哥哥。

"没有。现在打他家里的电话没用。你们得打电话去他学校。"他们的母亲说。

学校的电话号码写在笔记本里。电话上，菲利说明有急事后，等了好久，学校的秘书才把约翰从教室找来。

"约翰不会向学校请假去参加什么葬礼的。"在他们等待时，方奇自信地说。

令方奇最终愤慨的是约翰一口答应了去参加葬礼。他会等他们，随时，只要他们认为准备就绪可以上路。

菲利租了奔驰车。轮椅折叠起来，轻松地放进了巨穴般的后备厢。"你们都要小心行事，"母亲在同他们吻别时叮嘱道，"你们在乡下的一举一动都有人监督审视。我会在心中追随可怜的彼得，直至你们将他安葬在基里兰，与父母亲长眠在一起。"

约翰在他家的前门外等他们，手里拿着一顶褐色的帽子，臂上搭着一件折拢的华达呢防水风衣。奔驰车驶到低矮的双开式大门前停下。菲利还没来得及按喇叭，约翰就举起帽子，匆匆走下混凝土浇筑的小径。小径两旁各有巴掌大的草坪，上面有刈草机留下的银白色痕迹，剪下的玫瑰沿泥土筑的边缘堆拢捆好。

"那位太太这些日子似乎都不现身啊？"菲利问，引擎的振动摇晃着车子，他们在等约翰关好大门。

"她和母亲向来不和。"方奇主动接茬。

如今这两个兄弟间出现沉闷的和平。方奇明白在接下来的两天里，他或多或少得听命于菲利。他不喜欢这样，可那个倒霉的死讯，使接下来的两天脱离了他的掌控。

"她这人怎么样呢？"

"我想她和我们其余人差不多。她一直牙尖嘴利的。"

"对不起，让你们久等了。"约翰一边说，一边坐进车子后座。

"你根本没让我们等。"菲利应道。

"像这样突然放个假真好。你无法想象离开学校出城整整两三天，那是什么感觉。"约翰说完，舒服地坐下来，默不作声。随着车子逐渐加速，宽敞的奔驰车内渐渐陷入沉默，他们穿过锦绣区和北滩区，在海关大楼旁越过利菲河，转入单向的车流中，沿着河的南岸出城。直至过了莱克斯利普镇，田野、树木、绿篱开始零星地出现在新建的毛坯住宅楼之间时，他们才开口讲话，他们的谈话全都围绕那个他们将去送葬的人——母亲的弟弟、他们的舅舅彼得·麦克德莫特。

彼得是家里唯一陪伴父母留在格洛里亚沼泽区的孩子，那是他出生的地方。其余几个都各奔东西了。他们的姨妈玛丽早逝于伦敦的沃尔瑟姆斯托区，马丁逝于马萨诸塞州的米尔敦，最年长的凯蒂刚于前一年在纽约州的奥奈达过世了。随着彼得的去世，如今他们全都走了，只剩下他们的母亲。母亲是最后一个离家的。她先在香农河畔卡里克镇的一家商店当学徒，后转到北环路上一家兼营甜食的蔬菜水果店，在那儿遇见了他们那靠不住的父亲，一个来买莱蒙牌糖果的游客。

那辆马力强大的车徐徐驶经恩菲尔德镇，他们回忆起母亲在每年入夏时总带他们回格洛里亚，把父亲留在城里，任其自由。他们每年夏天都在那儿的沼泽地上度过，从六月底到九月初。他们的母亲一直相信，要不是沼泽区清新的空气和简单而有益健康的食物，他们绝对没办法在城里度过随后而来的冬天。没有那里的空气和简单的食物，他们一定、一定挨不过，她以前常常像感恩似的宣称。

当母亲的母亲还在世时，每年夏天他们去那儿犹如度假一样。牙齿掉光的外祖母整日坐在摇椅里，肩上披着围巾，灰白的头发在脑后紧紧盘成一个髻，只在把面包屑和土豆皮收拾进她的黑围裙里时才起身。她提着围裙，把它当作一个硕大的布碗，她会移步出门去到街上，等到她家所有棕色的母鸡都开始围着她扑腾鼓噪，她脸上会闪过一抹笑容，然后把围裙里兜着的东西统统撒出去。时常，在进屋前，她会把目光越过广袤的沼泽地、生长不良的矮桦树、灰蓝色的石楠花、随风瑟瑟颤抖的白色毛茸茸的羊胡子草，遥望着基里兰山葱绿的斜坡和山冈高处围墙里的常青树，说："我想，不用多久，我就要去那儿陪他们了。"

"别讲那种话，妈妈。"他们记得他们的母亲会习惯性地呵斥道。

"到了我这把年纪，没有太多别的事可想了。沼泽洞之间的空隙不会变得越来越宽。"

有一年夏天，那张棕色的摇椅空了。那间屋子变成了彼得一个人住。虽然他们的母亲在屋里从早忙到晚，整理，清洁，缝纫，下厨，可他明确表示自己不再需要她，但母亲不理睬他。她的需要强过他想摆脱他们的愿望，加上她害怕那样做有违自古以来的孝道，所以没有将他们拒之门外。

昔日外祖母在世时的那份自在没有了。他们再去时，舅舅从未对他们流露出欢迎之意，尽可能不待在那间屋子里，白天在地里干活，晚上一吃完饭就去串门，在别人家向每个人抱怨他不得不忍受的负担。到了夏末，当他们要走的那天终于来临时，他从不掩饰他的释然。凭着儿童灵敏的触觉，三个男孩嗅出了他的怨愤，深感压抑。他几乎从不瞧轮椅里的方奇一眼，而恐惧，让方奇从来不敢把目光从他舅舅的后脑勺和宽阔的肩膀上移开。每当菲利或约翰去沼泽地或草场给他送三明治和用威士忌酒瓶盛装、外面包着袜子以保温的茶时，在把油布包递给他以后，他们总是本能地后退一两步。

出于寂寞，有几次他试图同他们聊天，可那份拘束如此根深蒂固，他们能够做出的回应从来只有傻呵呵地重复他本人尴尬的问题。他一次也未对他们的母亲在屋里所干的活表示过感谢，那是母亲用来抵偿他们住在她自己儿时这间屋子里的一种方法，是她仅有的办法。他们唯一看见他高兴的时候，是每当母亲恼羞成怒呵斥他的时候：他会面带微笑，仿佛他单独与他母亲共度的所有时光又突然重现。一旦她发现他享受这些斥责，甚至开始积极地在每件小事上寻隙挑衅时，她会比平常更加隐忍不发。

"以前真正令母亲生气的是他在桌旁坐下前常会抓着裤裆提一下裤子。"方奇在车子驶近朗福德时说，三兄弟发出各自不同的笑声。

"他那副样子，好像总是怕会坐到他的蛋上，"菲利说，"现在他不必再为此担忧了。"

"他的忧虑结束了。"约翰说。

"后来，在我们的父亲去世、母亲找了那份洗衣店的工作后，那是第一个我们没有去那儿的夏天。那年夏天母亲非常古怪。你一讲话，她就会把你骂个狗血淋头。我们再也没有去过。"

"说来奇怪，在经历了种种事情以后，最后竟是在这样的情况下再去那儿。"约翰笼统地说。

"我在家时就想这么说的。我觉得根本没有道理，可这家伙和母亲都不肯听，"方奇说，"我还没能开口，他们就堵上了我的嘴。"

"反正我们现在已经来了。"菲利说，车子驶过卡里克镇旁那座狭窄的桥，他们可以俯瞰香农河。他们即将到达他们熟悉的乡下。在这儿他们有过痛苦的经历。

173

"老天爷，我不明白她干吗要一个夏天接一个夏天地来这儿，明明没有人欢迎她。"约翰说，车子加速，把最后一道缓缓漾开的水波甩在后面。

"哎，她并没有完全走出伊甸园。"菲利说。

"年少时，走进一个你明知不受欢迎的地方，那滋味真难受，"约翰说，"以前我常常觉得每年夏天我们都要把彼得的家当吃光了。小时候，你对那种事格外敏感，即使没有人注意到。现在我仍能在我教的那些孩子脸上看见那种感受。"

"经历那种种以后，我们还来安葬这个混蛋。这是让我恼火的地方。"方奇说。

"如今他死了，已归入死人的队伍，"菲利说，"他没有那么坏得透顶。有一次，我帮他赶牛去博伊尔的集市。我们出发时天已经黑了。我不得不在树篱后面的原野上跟着牛群在它们旁边跑，直至它们累得不愿离开马路为止。我们在格林街卖了牛后，他带我去罗金厄姆纹章酒馆。他给我买了柠檬汁和薄脆姜饼，把我抱到吧台上，对全酒吧的人说我是个了不起的小子，虽然我不幸来自都柏林。"

"你让我感到恶心，"方奇忿忿地说，"那家伙野蛮粗鲁。我总觉得他若逮到机会，会把我装进袋子，再加一块石头，然后扔进沼泽洞，和那条黑色的惠比特犬一样。"

"那么说太夸张啦。他从来没做过。我们快到了。"约翰说，汽车驶过教堂和库特浩零星的房子，以前他们每个星期日来这儿做弥撒，买面粉、茶和糖。

"嗨，系好你们的安全带。"菲利风趣地说，他徐徐转入沼泽路。令他们惊讶的是，那些深深的沼穴不见了。路面铺上了柏油，由金合欢、榛树、欧石南组成的枝蔓横生的树篱修剪过了。偶尔，一株旁生的欧石南刮过汽车的挡风玻璃，那是唯一残留的昔日荒凉的痕迹。当树篱变成遍野的野覆盆子茎秆时，菲利将车速减慢至蜗行，然后停下。蓦地，沼泽地像一片汪洋似的铺展在他们面前，绵延数英里的石楠花和莎草，中间夹杂着生长不良的矮桦树，还有高高映在夕阳下的深绿色常青树，耸立在基里兰山顶上。

"后天他将被葬在那儿。"

那间屋子一点没变，石灰水粉刷的外墙，石棉屋顶，门前的那棵栗树矗立在沼泽边缘的绿野中央；可如今通往屋门的那条路铺了柏油，屋子周围冒出了新的牛棚。

街上泊着四辆车，小屋的门敞开着。奔驰车刚一停下，就有一名男子走到门口，用手遮在眼睛上方张望。那是吉姆·库伦，打电话来通知死讯的人，比以前更加瘦小了，头发雪白。他依次热情地招呼三兄弟，和他们握手。"发生这不幸的事，我很难过。你们能大老远赶来太好了。要不是方奇，我都认不出你们来。你们可怜的母亲没办法过来，是吗？"

"她经不起这长途奔波，"菲利说，"她已经多年足不出户了。"

他们一进屋，每个人都起立朝他们走来，与他们握手："发生这不幸的事，我很难过。"除了吉姆·库伦之外，还有三位老汉，都是死者的邻居，认得小时候的他们。库伦太太年纪更大。有一个比较年轻、和他们差不多岁数的小伙子，是库伦家的儿子，叫迈克尔，他们记得他小时候的模样，可他已经成年，变化之大，从外表看，比那几个老汉更令他们觉得陌生。

"难以想象彼得就这么走了，愿上帝赐他安息。那真令人难受。"吉姆·库伦一边说，一边领他们走进卧室。

房间里没有人。不知哪儿有口钟还在走着。他看上去苍老极了，静静地躺在床上。他们原本以为大概会认不出他。白床单上他的手巨大无比，念珠像一道细小、黝黑的涓流淌过他交叉的指间。布满风霜的前额上有一道发白的横纹，是他以前戴各种帽子留下的。三兄弟在胸前画了十字，踟蹰了一下后，约翰和菲利摸了摸床单上那双交扣在一起的粗糙的大手，手冰冷冰冷的。方奇没有摸，在他的两个兄弟离开床沿前，他掉转轮椅朝厨房走去。

在厨房里，方奇和菲利喝着威士忌。库伦太太说她可以给约翰泡杯茶，一点也不麻烦，桌上有几盘切好的三明治。吉姆·库伦开始讲述彼得过世的情况。他已经讲了很多遍，接下来的几天里还会讲很多遍。

"每天傍晚天黑前，彼得都会走出来，到边上的那片菜园里去。从我们的前门可以看得一清二楚。他很自豪，自豪于那片菜园，虽然种出来的东西大部分都送了人。"

"你再也找不到更好的邻居。倘若他看见你走来求助，会放下他正在干的任何事，并对天发誓一般说他什么也没在干。"一位老汉说。

"很幸运，"吉姆·库伦接着说道，"我们有位妇人那天正想着收工歇息，在锁门前走到门口时，看见彼得在菜园里。她看见他几度弯下身,在拔野草或清理什么,接着,他站了良久;突然,他好像一头栽进了犁沟里。妇人不想张口喊叫,等着他自己起来,可他没有,妇人就把我从屋后叫了出来。我一边喊他一边走进菜园,但不见人也没有声音。他的身体被掩藏在土豆秆下面。我必须拨开豆秆才能够看见。幸好这位妇人看见他摔倒。否则我们得花好几天找遍沼泽地才会想到去那些茎秆里搜寻。"

"可怜的彼得,没病没痛,"菲利动情地说,"我永远忘不了那天他把我抱到罗金厄姆纹章酒馆的吧台上。"

他是兄弟里唯一似乎对彼得的死有所动容的人。约翰审慎地看着一张又一张脸,可无论他在那些脸上看出了什么,都没有促使他想要开口讲话。方奇喝完了从卧室里出来时人们给他的威士忌,满脸怒意、愤懑不平地坐在轮椅里。而后,大家一个接一个,仿佛遵从某种暗号或隐秘的法则似的,在房间里起身,依次和三兄弟握手告别,只留下库伦夫妇吉姆和玛吉陪他们。

屋里的人一走光,吉姆·库伦就示意要他们到楼下的房间来一趟,那个房间,自他们小时候睡过以来,几乎没人用过,也几无变化:床陷在中央,胶合板制的衣橱,窗台上脱落了一半的蓝油漆,可以望见格洛里亚全景的小窗,能一直远眺到基里兰山冈上幽暗的树。吉姆先拿出一张账单给他们看,威士忌、啤酒、黑啤酒、面包、火腿、西红柿、黄油、乳酪、雪利酒、茶、牛奶、糖。他缓慢费力地念出那些词。

"这些全是我在亨利店里买的。而且,你们也看见了,都在桌上。不是很多,可我不确定是否会有人来,当然,我很乐意自掏腰包为可怜的彼得买这些。你们也许想要再添购一点。等你们来了这儿的消息传出去后，在天亮以前估计会有一大批的来客。"他从外套里掏出一个又大又旧、鼓鼓囊囊的皮夹。"彼得，愿上帝赐他安息，他摔倒时正揣着这个。我没有数，但皮夹里似乎有不止一卷的数张一百块。"

菲利接过那张手写的账单和皮夹。

"彼得没有留下遗嘱吗？"约翰问。

"没有。就算有机会，他也不会留下遗嘱的。"吉姆·库伦回道。

"我们怎么能确定呢？"

"他就是那种人。他会认为那不吉利。虽然没道理，但像彼得这样的人，他们觉得自己会永远活下去。既然其余人都走了，只剩下你们的母亲，彼得的一切自然就归你们了，"吉姆·库伦继续说道，仿佛他已经仔细深入地考虑过这个问题，"我向博伊尔的贝尔尼店订了棺木和灵车。我没有订最便宜的——彼得在外面从来不是一个小气的人，可他也不会喜欢看见把太多钱埋进土里。既然你们全都在这儿，假如你们有觉得什么不合适的地方，尽可更改。"

"一样东西都不用改，吉姆。"菲利动情地说。

"那么，钥匙在这儿，"吉姆·库伦举起一把吊在细绳上的小钥匙，"你们可以用它打开卧室衣柜最上面的铁盒。我没有碰过那个盒子，我不想知道里面放了什么。他摔倒时，这把钥匙挂在他可怜的脖子上。为了彼得，我做什么事都在所不辞。"

"你做的已经太多。真是太麻烦你了。"菲利说。

"真的太多了,"约翰附和道,"你让我们感激不尽。"

"那一点不算什么,"吉姆·库伦回道,"可怜的彼得是个特别好的邻居。无论你为他做了什么,他都一定确保双倍奉还。"

唯有方奇一言不发。他浑身散发出一股独有的、沉默的忿恨,让他对周围的一切置若罔闻。他的嘴唇时不时地翕动,但说话的对象是内心某种骚动的阴郁。走出那个逼仄的小房间让人舒了一口气。他们从小房间一出来,库伦太太就从桌旁起身,仿佛已准备就绪,愿意倾尽全力提供帮助。

"你想和我们一道去村里吗?"菲利问。

"不了,谢谢,"吉姆·库伦答道,"我要回家干点琐碎的杂务,大概几个小时,但过后我会再来。"

当看出三兄弟似乎将一同去村里时,库伦夫妇的目光从一个移到另一个身上,随后吉姆·库伦说:"你们最好有个人留下来……万一有访客。"

约翰自愿留下来。菲利手里拿着车钥匙,方奇已经朝门外的车子行去。

"我也留下来,"库伦太太说,"万一有些访客约翰不认识。"

虽然方奇在屋里一直沉默不语,但车子一驶出开阔的沼泽地,转入有欧石南和矮树包围的那条小径,他立刻大爆发,喷涌的怒火如开闸的水。一切汇成奔腾的诉怨:那把吊在细绳上的倒霉的钥匙,栽倒在土豆秆里,该死的皮夹,握着念珠、总让他感觉想要把他掐死的那双大手,从死人嘴角戳出来的棉花屑。整件事野蛮、粗俗、令人作呕:他们根本不应该来。

"像在城里一样，捂着掖着把事情办了，难道又好到哪里去？"菲利适度地反驳道。

"你的意思是，因为我们没有养狗，我们就该自己像狗一样吠叫吗？"

"你一点都不出力，"菲利说，"你在屋里连嘴都没有张过一下……在都柏林，即使你去买东西，从街的一头到另一头也要花半个小时吧。"

"我绝不在那间屋子里张嘴，将来也绝不会。在那些年的夏天，我从没和那间屋里的任何人讲过话，除了母亲，而且也只有在那间屋子里没有其他人时才讲话。我们全都被迫觉得自己一无是处——连母亲也承认这一点——可我被迫有的感觉比一无是处更糟。每次，我瞥见彼得在看我时，我知道，他心里想的是，我的问题，只消一块大石头、一根绳子和一个深深的沼泽洞就能解决。"

"那只是你想想而已。"菲利温和地说。

"彼得也是这么想的。"

"好吧，就算他是——对此我存疑——现在他也想不了了。"

"对了，你倒是动作挺快啊，把那个皮夹收入囊中。"方奇迅速接话，仿佛在转移攻击目标。

"那是因为似乎没有别人愿意接。假如你要的话你拿去。"菲利从口袋里掏出那个皮夹，递给方奇。

"我才不要呢。"方奇粗暴地拒收皮夹。

"那么，我们还是看看里面有什么吧。在接下来的几天里，我们绝不会有更清静的机会了。"

他们驶在村外一段长而笔直的路上。菲利把车靠向路边的草树丛。他没有熄火。

"这个皮夹里有几千块钱。"菲利打开皮夹,用手指拨了一下那些钞票,随即说。

"还以为那个笨蛋会把钱存进银行,那样既安全又有利息。"

"彼得不会把钱存进银行的。那在生利的同时,也会招来税务稽查员和若干难以招架的问题。"菲利说,仿佛他已经被他死去的舅舅的部分认知和灵魂附身了。

除了过去掩映教堂的常绿树以外,村子没有一点变化。那些树被砍掉了。没了郁郁葱葱的树,暴露的教堂显得巨大、单调而丑陋。

"一片你知道曾经长满东西的地方,变成空地后,尤其让人觉得空落落的。"方奇说。

"你在讲什么?"

"你看不见那些树吗?"方奇躁怒地指了指。

"那些树没了。"

"那正是我想说的。那些树以前在那儿,现在没了。你难道看不出来吗?"

菲利竭力想把方奇拉进那家兼售食品杂货的酒吧,可他不为所动。他说,他情愿在车里等。当方奇情愿要做什么,并摆出那种分外明显的客气时,菲利从以往激化的经验中知道,多费口舌无益,于是,他一声不响地把他留在了那儿。

"那么,你一定是瑞恩兄弟中的一个啦。欢迎欢迎,哎,关于可怜的彼得，我感到十分难过。你不会是约翰吧，是吗？不是？约翰留在屋子里了。那么你就是菲利喽，外面车里的那个是方奇。他不进来吗？你们可怜的母亲没有来吗？彼得的事我感到十分难过。"吧台后那位一瘸一拐的老汉在自己迟疑的提问和插话之间，跟着菲利重复着每一个信息。

"那么，你一定是卢克·亨利吧？"菲利问。

"正是，依旧身强力壮。我清楚记得以前你们每年夏天都到这儿来。想必离现在至少有十年了。"

"不止，至今二十年了。"

"二十年，"他摇着头，"真是想不到啊。时间快得可怕。前面几年可能感觉在原地踏步，可哎哟，一转眼，就飞一样过去了。"卢克微笑时，脸上显出一种奇怪的孩子气，"你要喝点什么？算我的！一份大杯白兰地？"

"不，什么都不用。我只是来买几样守夜需要的东西。"

"来都来了，你一定要喝点什么。"

"那么，就来一杯啤酒吧。一杯健力士。"

"方奇要喝点什么？"

"他不用。他不肯下车进来。他有那么一点不高兴。"菲利说。

"一定要给他来点什么。"卢克固执地坚持道。

"好吧，那也来一杯啤酒。我自己拿出去给他。他有那么一点不高兴。"

当菲利打开车门，把卢克的啤酒递给他时，方奇说："给我这鬼东西做什么？"

"我说你不愿进来,他觉得非要送杯喝的出来给你才行。"

"那我该怎么办?"

"装进你的口袋。抹到头发上当发油。你差不多够了吧,放下你的架子,别人给你什么就都收下吧。"方奇汹汹的气势突然遭遇到同等汹汹的气势,在他还没来得及反击前,菲利关上车门,撇下他一个人,手里端着那杯啤酒。

重新走进酒吧,菲利举起杯子。"祝你好运,谢谢,卢克。"

"敬那位逝去的人,"卢克说,"可怜的彼得总是平易近人。他直率友好。我们需要更多像他这样的人。"

菲利喝得很快,然后开始下单:几瓶威士忌、杜松子酒、伏特加、雪利酒、白兰地、黑啤酒、啤酒、柠檬汁、橙子,还有切片面包、黄油、茶、咖啡、火腿和火鸡胸肉。卢克照他报的记下每样东西。好几次他试图削减订单——"这太多了,太多了。"他不停地喃喃低语——然后,慢慢地,逐个逐个地,一边眼睛始终盯着清单,一边把每样东西放到柜台上,在把全部东西装进几个纸板箱前,他又核对了一遍清单。

菲利抽出一沓钱。

"不,"卢克坚决不肯收钱,"等事情办完后我们一起结账。你会有好多要拿回来退的。即使沼泽地下面的那帮人也吃不了、喝不了那么多。"他做出一个不怀好意又几乎包含同等伤感的笑脸。

他们把纸箱放入行李厢,塞满后,又把多余的堆在后座和折叠起来的轮椅的一侧。在帮忙将纸箱搬到外面的车旁时,卢克和方奇握了手。"发生这不幸的事,我很难过。"可就算方奇做出了任何回应,声音也低得让人听不见。装完东西后,菲利抓起仪表板上的空啤酒杯,递给卢克,并使了个眼色。卢克用会意的动作举起杯子,表示他对这世上稀奇古怪的行为再熟悉不过。

"我生平从未遇到过要自己一个人坐在酒馆外的车里喝啤酒这种事。这一带真是不成体统。这些人简直是野人。"车子一开动方奇就抱怨道。

"你自己不肯进来,卢克完全只是好意。"菲利粗声粗气地说。

"当然,像往常一样,你非要这样,把整件事变成一顿五六道菜的大餐。"

"你什么意思?"

"我以为你会永不停歇地从酒吧往外搬箱子呢。行李厢满了。后座塞成这样。你买的,想必够你自己开一家酒吧餐厅了。"

"这些东西可以退的,"菲利辩解道,"卢克都不肯收钱。我们总不想在守夜中间因为酒喝光了而丢脸吧。卢克说,大家都说,彼得舅舅从来不是一个小气的人。他肯定不想在为他守夜时有任何东西短缺。麦克德莫特家的人向来是大方的。"

"他们满口胡说八道,"方奇怒气冲冲地说,"那时他让我们觉得我们是在偷他嘴里的面包。不过你就是这副德行。大方,大方,大方。"他嘲弄道,"这就是都柏林的人腻烦了你的原因。你总是非要搞得排场很大。你在沙漠里的老鼠洞一住就是十八个月,然后你出来,充阔佬。人们不想要那样。他们想过他们自己平凡的生活。他们不想要你的酒或大方的款待。"

世上最残忍的事情莫过于从另一个人口中向我们道出我们自己

真实的一面,而且看起来至少说中了一半。不去道破、把它隐藏起来,让我们觉得会改变或根除,只是迟早而已。菲利一把抓住方奇的肩膀,发出最后通牒,说他已经听够了。他们转入通往屋子的那条沼泽路。

"我们住的不是沙漠里的老鼠洞,"菲利平心静气地说,"都柏林没有一间酒店可以和我们住的地方匹敌,除了那儿没有酒以外,有时那也不是坏事。"

"那依旧没有驳倒我说的话。"方奇不依不饶。

没有任何征兆,蓦然,他们驶出矮树的屏障,来到空旷的沼泽地上。一轮低斜的红日在基里兰山的西面,将余晖泼洒在莎草和幽暗的石楠花上。长长的影子从矮小的桦树脚下延伸出来,散布在沼泽地的各个角落。

"你停下来做什么?"方奇喝令道。

"就是看一看这片沼泽。像这样的傍晚,我以前常常觉得那是着了火。别的时候,莎草看着像金子一般。我记得很清楚。"

"你是在信口开河,"方奇在车子继续前行时说,"这样的傍晚,我记得的只有可怜的母亲把洗好的衣服晾晒出去。"

"她不是应该早上晾出去的吗?"

"她早上事情太多,忙不过来。可见住在这间屋子时你有多小。那时,彼得的所有裤子都是她洗的。那些裤子一年到头从来不洗。她常说,它们能自己立着走路了。一轮红日出现时经常伴有霜冻。她认为那可以起到清新衣服的作用。"

当渐渐驶近屋子时,他们惊讶地发现,街上已经停了六辆车。

"消息想必已经传出去，大家都知道你买了喝不完的酒。"方奇说，他们在门前徐徐停下，他必须坐在车里，等行李厢里的纸箱都搬进屋子后，轮椅才拿得出来，这未能让他的心情好转。

约翰正游刃有余地周旋于屋里的人中间，他们是在他的两个弟弟不在时来的。事实上，比起两个弟弟，他与陌生人更合得来。他善于谛听。上学时，他成绩出色，轻松获得奖学金，一路升入大学；可一毕业，他就寂寂无闻地当了老师。他仍在最初的那所学校教授相同的课程，虽被视为学校最优秀的教师之一，可他似乎极其反感自己的工作。和他的大部分学生以及共事的老师一样，他的生活和工作似乎就是等待放学铃响的那一刻。

"我不想给自己找麻烦，"那是每当有新的理论或教育实践出现在课堂上时他说的一句话，"他们可以去别的地方，用他们的新观念制造麻烦。我只希望别来打扰我。"

他们的母亲抱怨，是他的妻子主宰了他的全部人生——在他们结婚前她是护士——但其他人持保留意见。他们觉得是他助长了妻子天生的颐指气使，这样，他就能更好地躲在后面，清静度日，像把那当作一道深厚的树篱一样。当学校要聘任他为校长时，他没有同妻子商量就推却了。妻子从另一位老师的太太口中得知此事，深感痛心。她多希望顶着校长太太的头衔去超市和教堂。在沮丧懊恼中，她忍不住向约翰问起那是不是真的。"你应该至少告诉我一声。"约翰承认他推却了晋升的机会，那让她更觉得痛心。"我不想要麻烦你。"他把话说得如此之绝，让妻子不再作声。

等那两兄弟回到屋子里后，他逐渐退回到角落里，当个完美的听众，面对每一个朝他走来的人。而之前，他兴致勃勃地招呼来客，领他们走进停尸房，为他们拿喝的，不让他们感到拘束。菲利和方奇一进屋，他就把这一切移交给他们。新来的访客排队来到他们面前，依次同他们握手。

"可怜的彼得，我为他感到惋惜。发生这不幸的事，我很难过。太让人难过了。"

"谢谢你来。我明白。我非常明白。"菲利以同样郑重的口吻应答，他敏捷的回话掩盖了方奇固执的沉默。

尽管方奇抨击早来的吊唁者别有所图，可那晚，喝的吃的都只动了一点点。玛吉·库伦用火腿、火鸡、西红柿和切片面包做了三明治。她的儿媳把那些三明治切成小方块，放在一个边上有一圈蓝花的大椭圆盘子上递给大家。大茶壶里泡了茶。屋里的玻璃杯不多，但没几个人用茶杯喝葡萄酒或威士忌。那些喝啤酒或黑啤酒的人坚决不肯用茶杯或玻璃杯，直接拿瓶子喝。几个抽烟的人有个奇特的习惯，不厌其烦地将烟蒂仔细塞进啤酒瓶细窄的瓶颈里。有几个人举着瓶子，像小孩似的谛听闷烧的余烬在啤酒渣里嘶嘶作响。到早晨时，可以看见烟蒂漂浮在若干啤酒瓶的底部，宛如被捕住的黄蜂。

整晚，从天黑到深夜，人们络绎不绝地走进屋子，其他早来的人则悄悄离去。他们先同三个兄弟握手，然后去楼上的房间，跪在床旁；当他们起身时，他们触摸逝者的双手或前额，表示告别或教徒间的团契，接着坐在床旁的一张椅子上。等有新的人进来跪在床旁时，他们才离座，回到前厅，接过递来的食物和饮料，加入人们无拘无束、滔滔不绝的谈话和笑语中。几乎所有的话题都围绕逝者。许多是道听途说的故事。它们都显示这位逝者是人生的赢家，他仅有几次的被迫认输，都表现出倔强的个性或智慧。在这儿绝不投降，那是他的豪言壮语。他唯一曾经后悔的事是他从未学过开车。"我们总是和他讲，无论他想要去哪儿，我们都可以载他去，"吉姆·库伦说，"可他从不主动开口。他的自尊心太强，每个星期六，我们载他去镇上时，总得装出是我们需要他一路做伴的样子；而后他会想要把全世界的酒都买来请你喝。孩子小的时候，他会给他们大把大把的钱或橙子和巧克力。后来，突然有一天，他对我说，假如他学会了开车的话，他也许已经死了：他留意到许多会开车的人都死了，可很多像他这样只能走路或骑自行车的人仍在四处瞎撞。"

从碗柜顶上，有人取下一匹用火柴棍做的马，它安在一块粗糙的木板底座上。纤细的火柴棍巧妙地搭接黏合在一起，勾勒出一匹正铆足劲在犁地或割草的动态中的马的形象。在盘子中间还找出一头猪、几只有细微差别的羊，以及一条看似疲惫的老柯利牧羊狗，同样全都是用火柴棍弯扭搭接做出来的。

"他总是到处找火柴棍。连星期六在镇上，你也能看见他从酒吧地上捡拾起火柴棍。他能用它们做任何东西。小朋友都喜爱他给他们的那些动物。他们难得会把那些动物摔坏。虽然我们家地方越来越挤，可我们仍留着几个他做的。他从不喜欢看电视。冬天，任何一个晚上，你若信步到他家串门子，你会发现他就在做这个。他简直能让那些火柴棍开口说话。"

那间屋子仿佛被割裂成截然独立的两部分，但这两部分又互相映照，如同大地和天空一样。楼上的房间阒寂无声，人们在那儿守灵，遗体静静地躺着，敬畏于这最后的转变；而在楼下的房间，生命重新被唤起，比以往实际度过的漫长日月都更有声有色。虽然此时屋子里的钟都静了音，但午夜一到，似乎每个人都当即知晓，除了方奇和两位非常年迈的老妪以外，吊唁者全体跪下。两个房间在《玫瑰经》的念诵声中连成一体，但祈祷仪式一完，每个房间又复归各自独立的存在。

方奇向菲利示意他要出去一下。菲利立刻明白他的哥哥要去解手。在城里他从不准任何人帮忙，可在这儿，他害怕屋外空旷无人的黑夜和不熟悉的地面。那是一个天清月朗的夜晚，没有一丝沙沙的风声，大片灰白的莎草全被照亮了，将大量接收到的光反射出来，因此，那些被石楠花覆盖的地方，漫漶成一片迷蒙的黑色，矮桦树疏落的树影映在冰冷的莎草上，柔和幽暗。在又高又远的地方，他们能听出有一架飞机，很快，在飞过他们头顶的天空时，他们从它跳动的白色夜光中辨认出它来。基里兰山的顶上，苍白的石墙内，高大的常青树黑黝黝、密匝匝，映在月光下。仿佛为了报答弟弟陪他走入夜色中，方奇一边在暗处的墙角解手一边说："母亲记得在这地方第一次看见汽车的情景。她说当时她十岁。全沼泽区的人都拥到对面的马路上，看那辆车驶过。想来不可思议，竟然还有人活着从没见过汽车的。"

"或许他们也一样过得幸福快乐。"菲利说。

"他们怎么可能过得幸福快乐？"

"瞧现在里面的彼得，还不够幸福吗？"

"我以为我们在讨论的是活着的时光。假如他们真过得那么幸福快乐，为什么人人都拼命想离开这鬼地方？"

"我只是在想，生命中有许多事是一成不变的。假如富人可以让穷人代他们去死，那么富人就永远不会死。"菲利针锋相对地说。他们俩动不动就剑拔弩张，但在还没能够吵起来以前，他们就回到了屋里。直到时近天明，大批吊唁的人才逐渐散去。

在这期间，约翰始终是三兄弟里最仔细谨慎的那个。他喝的酒比其他两个都少，大部分时间和方奇一样保持沉默，而此刻，他留意每个人的离去，陪他们走到屋外的车旁，感谢他们前来为彼得守夜，仿佛那是他一辈子都在做的事。到最后一辆车离去时，月亮虽仍挂在天边，但已被升起的太阳照得发白。莎草失去了光辉，呈现暗哑的小麦色。屋里除了逝者和他的三个外甥外，只剩下库伦夫妇和一位当地的妇人，她帮忙泡茶做三明治，忙了一整夜。到这时，他们全都有种飘飘然、依稀亢奋的感觉，这是精疲力竭早期所出现的症状，通常在老人或病人的脸上格外显著。

在同样朦胧、茫然、如梦一般的不知不觉中，白昼转成了傍晚。每当他们走到门口，总能看见一阵清新的微风像拂过水面似的吹过莎草。白天，继续有零星的访客上门，他们先去房间里陪伴逝者些许时间，然后出来，接过递上的食物和饮料，坐下聊天。待到此时，他们大部分的谈话空洞乏味，完全没了前一夜的兴致。库伦太太十分细心地确保楼上的房间绝无空落的时刻，始终有人在那儿守着彼得度过他在这屋子里的最后一日。五点过后不久,灵车抵达,棺材抬了进来。显然卢克是对的,菲利采购的酒大部分得退回去。与灵车接踵而至的是一批姗姗来迟、仓促稍作停留的访客。快到六点的时候,遗体放入棺材,在轻微的嗖的一声中,殡仪员敷衍地掏出念珠,开始念诵《玫瑰经》。棺材合上盖,往外面的灵车抬去。许多汽车已在狭窄的路上排好队,准备随同灵车去教堂。

当他们把棺材置于教堂的主圣坛前之后,有些送葬的人穿过马路去卢克的酒吧。在那儿,菲利请每人喝了一杯酒,可当他试图再请一巡时,卢克和吉姆·库伦同时阻止了他。照风俗只准请一巡,不能更多。他转而给自己和方奇点了一杯黑啤酒,约翰摇首,拒绝再喝第二杯。后来,当菲利去付这两杯酒的酒钱时,卢克把钱推还给他,说吉姆·库伦刚付了账。

人们主动提出愿意留宿这兄弟三人,可方奇尤其不肯住在陌生人的家里。他坚持要求去镇上的旅馆。他们一喝完第二杯啤酒,道了再见,菲利就开车载约翰和方奇前往皇家酒店。他一直等到他们办好入住手续,然后准备离去。

"你不住在这儿吗?"当方奇看见菲利正欲撇下他单独和约翰在一起时厉声问道。

"不了。"

"你打算去哪里挺尸?"

"那个,你就别操心了。"菲利冷冷地说。

"我就不信世上还能找出更别扭的人来。连母亲也同意那个说法。"

"我早上九点左右来接你们。"菲利对约翰说,他们约了去见雷诺兹律师,在十一点的葬礼弥撒以前。

菲利看见库伦家的屋外停着两辆车,可见库伦小两口和那对老夫妇都已经从停尸的教堂回来了。彼得的屋子没有上锁,里面空得诡异瘆人,一切都和棺材抬出去时一模一样。他一阵冲动,从堆在桌下的一个箱子里拿出三瓶威士忌,揣着酒朝库伦家走去。他们看见他从马路那头过来,吉姆·库伦在他还没到门前就出去迎接了他。

"你恐怕来得正是时候。"库伦太太笑道。他们四人此前一直坐在桌旁,两个男的饮着杯子里像是威士忌的东西,两个女的在喝茶、吃饼干。

"再过半小时,你就会发现我们已经钻进了被窝,"吉姆·库伦说,"我们去检查了一下我们自己的牛和彼得的牛,回到屋里才发现我们有多么累。我们决定喝完这最后一杯就打住。我们会想念彼得。"

库伦太太没有问菲利,就为他斟了一杯威士忌,拉出桌旁的一张椅子请他坐下,并拿起一个玻璃水罐,给威士忌加水。菲利把三瓶酒放到桌上。"我只是趁还没把所有东西退回到店里前带这些过来。"

"这实在太多了,"他们回道,"我们什么都不要。"

"我明白,可这还是太少,"为了找到合适的话,他似乎追忆起久远前他的母亲或舅舅,"这只是一点心意,感谢你们所做的一切。"

"谢谢，可这依然还是太多了。"他们似乎顿时全都称心欢喜，收下，把三瓶酒放好。接着他们提出为他铺一张床，但他说，他可以睡在他们家以前的房间里，完全没问题。"我在油田那边过惯了因陋就简的生活。"他撒了个谎。之后没过几分钟，见库伦太太打了一个哈欠，他便将他的威士忌一饮而尽，然后告辞。吉姆·库伦一直陪他走到马路上，站在那儿，等菲利朝他舅舅的屋子走了一段距离后才慢慢转身回去。

进了那间屋子，菲利从一个房间走到另一个房间，想通通风，却发现窗户都被钉死了。他把通往房间的门敞着，把朝向沼泽地的前门也开着。在楼下的房间里，他把一床鸭绒被铺在那张中间凹陷的旧床上，在楼上的房间里，他拉起最上面那层原先遗体躺过的床单，将整张床和枕头都盖住。他接着从柜子里取出那个铁盒，在前厅的桌上打开锁。在动手检查盒里的东西前，他先拿了一个玻璃杯，倒了半杯威士忌。他一边饮，一边找出用标准丝带绑着的非常古老的地契、牛证、一大沓用橡皮筋捆着的钞票、若干零散的美钞，还有一张一百美元的纸币、几张快要破碎的商店收据和一枚金的婚戒。他把羊皮纸文书搁在一边，准备第二天上午带去给律师。那些钞票，他放进一个棕色的信封，然后锁上盒子，将它放回柜中。他又倒了一大杯威士忌。一时兴起，他去把前一晚他们看过的若干火柴棍做的模型拿了下来——几只羊，一头小猪，挽马拉的马车，一只身细腿长的灵猩，在木板上引颈屈膝，脖子伸得像蛇，仿佛正要从地上捉起一只欲转身的兔子或野兔。他一边喝酒，一边用手指把这些动物在桌上移来移去，放下杯子时，他的手臂往那件隐约像是马的火柴棍模型上一靠，那匹马给压碎了。他近乎偷偷摸摸地收拾起那件模型的残余部分——车体和散落的火柴，将它们装进口袋，准备稍后丢掉。他匆忙而慌张地把羊、猪和猎犬重新摆回安全的架子上。接着，他将椅子搬到门口，又倒了些威士忌。

他想象彼得晚上一个人坐在这儿，用火柴棍做出那些动物的造型；想象就是那双手，如今在库特浩教堂主圣坛前的棺材里。明天，彼得将被葬在基里兰山顶的土里。一个人出生、死去。如今他本人又站在那两点间的哪个位置，不得而知。他觉得自己既像那个多年前每年夏天从城里来到这片沼泽区的孩子，又像那个他知道在别人眼中是粗莽、未成器的大人，但感觉不作数。他的人生想必早已走过了一半。

前方，夜晚的月光照亮灰白的莎草。他能看见幽暗的石楠花，影影绰绰，月光照在一汪更大片的莎草上，可他没有一点想走入屋外夜色中去的欲望。疲惫和威士忌模糊了他的视线，所有的形状和生命似乎自如地融汇在一起，如同灰白的、毫无血色的莎草和幽暗的石楠花融汇在月光下一样。除了屋子附近兽类的动静、一只三趾鸥高高飞过沼泽地发出的尖叫和远处狗的吠声以外，这个夜晚万籁俱寂。连一辆经过的车也没有。不过，在像狗一样躺到楼下房间的鸭绒被底下以前，他没忘记把自己的旅行钟调到第二天早上七点。

尽管前额抽痛，可他仍是第二天早晨第一个到皇家酒店餐厅吃早餐的人。在勉强把一大盘油煎食物基本吃完后——香肠、血肠、培根、炒鸡蛋和三壶黑咖啡——他感觉舒服了不少，这时，方奇和约翰进来吃早餐。

"我不推荐这里的咖啡,虽然我自己灌了好多。"菲利在两个哥哥浏览菜单时说。

"我们在家从不喝咖啡,除了你回来时。"方奇说。

"我在那儿喝习惯了。美国人整天不喝别的。"

"他们放纵没有节制。"方奇说。

约翰用目光扫了两个弟弟一下,但没有出声。两兄弟都点了茶和炒鸡蛋配吐司。

"你们两人昨晚做了点什么?"

"我们恐怕喝了好几品脱啤酒,喝得太多了。"约翰答道。

"你用的不是一品脱的杯子,只是玻璃杯而已。"方奇说。

"反正总的合计成品脱来算,喝了许多许多。这种放任不羁的生活不适合我。我都不知道你今天早上怎么还能够到处走。"

"那没什么,"方奇说,"而且你应该在那家伙开喝时在这儿与他遇上,然后你便有说话的机会。这事儿,要么喝到底,要么别喝。绝没有回头路。"

当菲利露出明显的不痛快时,约翰问:"你做了什么?"

"我去感谢了库伦一家人。"

"又是威士忌。"方奇得意洋洋地说。

"然后我打开了那个铁盒,"菲利没理会那奚落之语,"我找到了地契。一会儿见律师时我们需要带上。里面还有一大沓钱。有英镑、美元,还有几张澳元。"

"英镑和美元是他哥哥姐姐寄来的,那可能是给他们的母亲的,但从未兑换。至于澳元,天知道是从哪里来的。"约翰说。

"全部加起来有好几千。"菲利说。

"我们从前来这儿时,他以为我们会把他吃得倾家荡产。"

"当时他们可能还没有这些钱。"

"即使有,结果也是一样的。这是思维方式的问题。"

"这个倒霉的混蛋,他会让你觉得好笑,"方奇说,"夜里用火柴棍做猪和马,白天在沼泽地上干苦力,或追着牛跑,可他明明可以去外面让自己过上好日子的。"

"也许那就是他过的好日子的方式。"约翰谨慎地说。

"这下可以好好挥霍一番了。"方奇嘲笑菲利。

"你确定?"菲利严厉地回击,"那怎么说也全归母亲所有。母亲是他最近的亲属。说不定你倒可以拿去挥霍呢?我自己有的是钱。"

"又来了,阔先生。"方奇讥嘲道。

"到时间去见律师了。你去吗?"

"我还没那么糊涂。"方奇生气地回答。

律师等候室的墙上挂满发黄的照片,笨重的桃心木桌子和皮座椅,都在表明这是一家老事务所,历经雷诺兹家的祖父、父亲和儿子三代人之手。那位儿子五十岁上下,穿着一套剪裁精美的深色细条纹西装,灰白的头发中分。他的举止温和,彬彬有礼,透出不动声色的警惕。

菲利叫约翰陈述他们的来意,约翰讲得简洁明了。约翰说话时,菲利对哥哥佩服得五体投地。换作他,即使攸关他自己的性命,也绝对无法把事情讲得如此有条有理,既不偏题又不遗漏什么。

"我的建议是,不要把那笔钱算在内,"律师等他讲完后说,"严格来讲,我不该出那种主意,但就我而言,我当从来没听到过这回事。"

兄弟俩点头,表示领会和感激。

"几乎可以肯定没有遗嘱。假如有的话,多半在我这里。我在几件事上做过彼得的代理人。有一件是几年前一户姓惠兰的邻居非法侵入和骚扰的案子。整件事中没有一点是彼得的错。那家人并非善类,后来全家移民去了美国,解决了我们的小麻烦。彼得的朋友吉姆·库伦买下了他们的地。"

菲利回忆起了野蛮任性、头发黝黑的玛丽·惠兰,在最后几年的一个夏天里,曾在沼泽路上向他挑战的事。约翰只是颔首,表示他记得那户人家。

"所以一切将归你们的母亲所有,她是唯一在世的最近的亲属。鉴于她已到一定年纪,这得尽快执行,我很乐意在获悉你们的母亲有什么要求后立刻着手处理,"他一边讲话,一边打开菲利交给约翰所递来的地契,"彼得甚至从来没有费心把地契改到他的名下。那块地仍在你们外祖父的名下,这份文书是我的祖父草拟的。"

"那块地会很值钱吗?"菲利鲁莽唐突的问题令约翰吃了一惊。雷诺兹先生一改他平和的表情,抬起头犀利地看着他。

"恐怕没有多少。一万或一万一。假如有当地人竞价,再多一点。我估计最多一万四吧。"

"那点钱,在城里甚至买不起一个房间,而在这儿有近三十英亩地,外加那间小屋。"

"哎，这里不是城市，我也不相信格洛里亚沼泽区有一天可能会变成布拉瓦海岸。"

菲利注意到律师和他的哥哥都在看他，那目光纵然不是嫌恶，也带着含蓄的猜疑。显然他们在想，贪欲驱使他贸然问出刚才的问题，而那是全天下他最不该动念的事。在趁他还未讲出后面的话以前，律师在门口同他们俩握了手，并越过他们的肩膀，朝走廊对面办公桌后的接待员颔首，示意在送他们出去前记下他们的详细情况。

与前一日傍晚移尸至教堂后人满为患的追悼仪式相反，出席葬礼弥撒的只有几十个人。八辆汽车跟随灵车驶往基里兰，只有梅赛德斯车跟在灵车后面转入狭窄的小径。其他送葬者把车停在路边，步行走入小径。当他们跟随灵车缓慢的速度徐徐前行时，黑刺李和欧石南刮擦着梅赛德斯车的挡风玻璃和侧面。在小径尽头，环绕基里兰山脚的石灰石围墙前有一方小空地。空地上仅可容下灵车和梅赛德斯车停在围墙上那扇小铁门的两侧。棺材从灵车里抬了出来，放在约翰、菲利和库伦家的两个人的肩上。大门的宽度刚可容他们通过。方奇独自留在梅赛德斯车的前座，望着棺材由四个人扛着缓缓上山。棺材沿着陡峭的山坡爬升，间或危险地摇摆，这时，紧随其后的人会急忙伸出手，抵住棺材的后部。云的影子不断扫过绿油油的山坡和棺材棕色、光可鉴人的表面。远处，沼泽地上，当云倏然飘过灰白的莎草上方时，落下的影子更加幽暗、深邃。三度，那列像蜗牛般行进的小队伍完全停下，调换抬棺的人。就方奇所见——他本该需要望远镜才能确定，第三次，也就是最后一次抬起棺材的是最初的扛棺人——他的兄弟和库伦家的两个人，他们扛着棺材穿过山顶墓地围墙上的那道门。接着，能看见的就只有棺材本身和送葬者的脑袋，最后，它们全都消失在墓地的常青树丛间。他尽管对这毫无意义的仪式感到恼火，似乎那只是为了显示某种对吃苦或受虐的热爱——除了把墓地建在一座山的最顶上以外，他们大概想不出还有更危险或难以到达的地方——可当棺材和那一小队跋涉的送葬者卑微蹒跚地爬上山时，他不禁觉得感人肺腑，而这让他感到更加恼火，加深了那种完全一无是处的感觉。

突然，他被一辆汽车的噪声吓了一跳，那辆车以飞快的速度驶过狭窄的小径，在灵车后面刹住停下。一位身穿长长的黑袍白法衣、肩上披着紫色圣带的神父从车里走出来，捧着一本厚厚的黑皮的每日祈祷书。见到方奇时，他一边利落地打招呼，一边穿过敞开的门。接着，他几乎弓起身子，开始快步爬山，像一只巨大的黑白相间的螃蟹，追在棺材后面。望着他爬山的模样，方奇发出粗嘎的笑声，然后他开始调弄车里的收音机。

隔了许久，那位神父最先从山上下来，在两名中年男子的陪同下，他们是送葬者里最有富态和循规蹈矩的。神父把法衣和圣带搭在手臂上。他们走下来时，那袭黑长袍夹在那两个聚精会神、身着西装的男子中间，看上去有种奇特的威慑感。他们逐渐走近，方奇伸手想把收音机里正在播放的摇滚乐关掉，可情急之下拧错了方向，反而调得更大声。那三人朝嘹亮的音乐望过来，他们穿过门，但没有打招呼或点头致意。他们进了神父的车，由于在灵车和梅赛德斯车之间没有掉头的空间，车直接倒着驶出了小径。而后，人们开始三三两两分散地走下山。两个兄弟和吉姆·库伦是最后下来的。菲利一坐进梅赛德斯车,他就把收音机关了。

"你该想一想,多表现出一点尊重。"

"广播电台又不知道葬礼的事。"

"我不是在讲广播电台。"菲利说。

"那位吉姆·库伦是个好人,"约翰说,他眼看即将爆发冲突,试图转移话题,"他既明理又和气。彼得有他做邻居真幸运。"

"库伦那家人,"菲利念道,仿佛在寻思一句措辞,"你就算打着灯笼也找不到,找不到比库伦一家更好的人了。"

他们从基里兰直接开车去皇家酒店吃午饭。来的人不多,只有包括库伦一家在内的几户近邻和逝者的几个远房亲戚。菲利请每人喝了一杯酒,当发觉没人愿意接受他再请一巡时,他没有强求。

"我们的朋友似乎总算知道收敛一回了。"在他们从酒吧往餐厅走去时,方奇用挖苦的口吻对约翰说。

"他是听了吉姆·库伦的劝。菲利没什么不好的,"约翰说,"那是因为他长年累月待在外面的油田里,然后兴奋地揣着那么多钱回家。他必须摆出点样子。假如他贪恋上钱,那岂不更糟?"

"可仍然太过分了,完全没必要。"方奇继续固执地不松口,他依稀认出了这些年来菲利给母亲和那间小屋所买的各种东西,这使他不安地动了一下身子。

套餐简单可口:热蔬菜汤,羊排佐芜菁、烤土豆和豌豆,苹果馅饼加奶油,茶或咖啡。正当他们用餐之际,三个掘墓人走进餐厅,被分配到一张单独的桌子,靠着临河的一扇窗。他们一到,菲利就起身，确保给他们上酒。

吃完饭，三兄弟跟着库伦家的车，驶回格洛里亚沼泽区。到了那儿，他们把所有剩下的酒重新放入车里。库伦家收下了剩余的食物，但不肯再拿任何酒。"我们没打算再办一次守夜，那还早着呢。"他们半风趣半哀伤地说。约翰帮忙搬箱子，方奇没有下车。菲利刚把屋子的钥匙交给吉姆·库伦，约翰就和吉姆握过手，回到载着方奇和那几箱酒的车里，可菲利仍在敞开的屋外继续和吉姆·库伦讲话。从后视镜里他们看见菲利塞给吉姆·库伦一把钞票。当那位老农抓着菲利的手腕，把那只手连同钞票一起摁到他的夹克口袋里，坚决拒收任何钱时，他们注意到那双手有多么宽大。约翰把目光从后视镜上移开，不去看那两人激烈的小拉锯战，此时，出现在他眼前的是荒原对面，隔着灰白的莎草和石楠花，守候在基里兰墓园后墙里面的繁茂、深绿的常青树。几个小时以前，他们刚刚在那儿把彼得葬在他父母亲的旁边。笑意是黑色的。人生一世的终点多么黯淡。然而其他人却在山上明亮的日光下扛着那份重担。他的肩膀因厌憎而微微颤抖，他只想回到郊区那个屋外花园里有玫瑰花坛的半独立式的家。

"我以为你完不了了，"当这辆宽敞的车开始徐徐驶出沼泽路时，方奇指责菲利。

"得把事情安排妥善，"菲利心不在焉地说，"吉姆会照看那块地方，直到我回来为止。"方奇正欲回话，却发现约翰从后座伸手按住他的肩膀，恳求他别讲了。他们把车停在酒吧门旁时，那儿刚好还可再容一辆车通过，驶入教堂的墙内。

"并不等于说一辆车真的可能过得去。"菲利一边开玩笑,一边和约翰把箱子搬进酒吧。等他们把所有的箱子放到柜台上后,他们看见卢克伸手去拿一瓶放在高高架子上的白兰地。

"不用了,卢克,"菲利说,"假如你想请我喝酒,我就要一杯啤酒吧。"

"那么,约翰也来一杯啤酒吧。"

"我不了吧,"约翰惶惶地说,"我一辈子喝的酒加起来也没最近这几天的多。我觉得我中毒了。"

"不过,我们以后也不可能再有像这样的日子了。"在菲利说话时,卢克倒了三杯啤酒。

"我相信,这样的日子,我活不了多久。"约翰说。

"不如把方奇带进来吧,这样岂不比让他在外面车里喝更舒服些?我得花上一些时间才能把这账结算好。有一样我要说的是,"他一边讲一边开始清点退回的瓶子,"在彼得的守灵夜,谁都没有口干舌燥的危险。"

菲利走到屋外的车旁叫方奇,方奇强烈反对。把轮椅从行李箱里搬出来太麻烦了。他不渴。"我抱你进去。"菲利伸出他低下的脖子,将方奇像小孩似的抱进了酒吧,那是他常干的,在他们年少时,以及后来他们几次去狂饮作乐时。他把方奇放在没有生火的壁炉前的一张扶手椅上,从柜台端来他的啤酒。卢克花了很长时间才算好账单,在经过多番额外的清点和核查后,终于把单子递到菲利面前,他为最后的总数连连表示歉意。

"这在城里可要两倍的钱呢。"菲利一边付账一边兴致勃勃地说。

"我以为都是一样的价钱。"卢克松了一口气,开心地嘟囔道,随即又动手斟了一巡酒,非要他们喝。

"算店里的。你们不是每天都来,一年都见不到你们一回。"

方奇和菲利轻松地喝下了第二杯啤酒。约翰已有几分醉意,愁眉苦脸的,喝得磨磨蹭蹭。

"真不舍得道别,"他们告辞后,卢克陪他们走到外面的车旁,"你们一定得再来一趟,别隔太久。"

"不用多久我们就会来的。"菲利代他们三人坚定地应道。

返回都柏林时,菲利中途在朗福德、马林加、恩菲尔德停下。约翰每次都抱怨,可开车的人是菲利。每次,他都把方奇抱进酒吧——在每一家酒吧两人都喝了啤酒,约翰在马林加和朗福德时谢绝一切,但在恩菲尔德,勉强要了一杯。

"假如你出事故,接受呼气测醉检验,那该怎么办?"

"我不会出事故的。就算出了事故,他们尽可以把传票寄到遥远的沙特去。"

菲利快速而稳当地驶进城。开车时他默不作声。渐渐地,他似乎蕴积起一股能量,它聚焦在别的事上,因为他们做过的每一次停留而越燃越旺。在市中心,看见马利根门前有一个空位——先前他曾在这家死寂的酒吧独饮过几个短暂的上午,他横穿过车流,停了进去。车辆纷纷刹住,冲他大按喇叭,可他没理会,停下车,走了出来。

"以上帝的名义,在回去面对母亲以前,我们在这儿最后喝一杯吧。"菲利说着，把方奇抱进了酒吧。此时酒吧里有几十个晚间早来的酒客。他们有的似乎认识这三兄弟，但不熟。约翰主动想把方奇从桌旁移到扶手椅上，可方奇说他宁可留在原位。当酒端上桌时，约翰抗议他根本没要啤酒。

"这么说，你是要烈酒喽？"

"不要。我今天喝的酒已经超过我几年里喝的了。我什么都不要。"

"假如你不想喝，那就别喝。"他被抢白了一通。

"噢，彼得，愿上帝赐他安息，他走得很风光，"菲利一边饮酒，一边深表欣慰地说，"谢天谢地我回来了。我从一开始就根本不该远走。遗体移至教堂后，前来追悼的人挤满教堂。周围的邻居家家户户都去了基里兰。"

"他们在那儿还能做什么？这是他们唯一可以走出家门的理由。"方奇说。

"他们向死者致敬。那是他们所做的事。人在那儿依旧是有一定意义的。他们表现出了对彼得的敬重。"

"敬重，我的乖乖。每个人气绝身亡以后都有几天受到敬重的日子，因为他们不再是必须忍受的对象。噢，向死者致敬一点也不难。那无需付出任何代价，还给他们机会走出该死的家门，在他们还没开始内部自相蚕食以前。"

一场古老的争论开启了，一场他们以前发生过许多次但从未有任何结果的争论，他们的分歧之大，暴露出隐藏在背后的亲近。

约翰才抿了他的第一口啤酒，菲利和方奇就已经喝光了一大杯，他忐忑地扫视这两个人。

"你把事情全歪曲了，"菲利一边说，一边起身要去吧台再买酒。约翰用手掌盖住他的杯子，表示他够了。菲利端着两杯啤酒回来，他连杯子都还没放到桌上就开始发话：他那股子盲目、压倒一切的激情，俨然某个沉湎于一念而不能自拔的人。

"我永远都忘不了我生命中的这几日，整个晚上不断有人上门来；遗体移至教堂后，成排成排的人经过坐在教堂最前面的我们的身旁，紧握我们的手，跟在灵车后面走入那条细窄的小径；然后抬着彼得爬上那座山。"

方奇试图讲话，可菲利把他的杯子举到他面前，拒绝住口。

"当我们把棺材停放在坟墓的边缘时，我感到某些我从未感到过的东西。一只兔子从几码外的欧石南里跳出来。它坐在那儿，望着我们，仿佛不明白正在发生什么，然后一跃逃开了。你能看见沼泽地和彼得家隔壁所有关上屋门的房子就在我们脚下。家家户户连一丝炊烟也没有。所有人齐聚一起，神父开始讲述死亡、奥秘和复活。"

"他是收了钱才那么做的，而且他险些迟到。我在车里全看见了，"方奇声言，"从车里看，一切没有奥秘可言。好几次，我以为你们会把棺材摔了。那更像一群猩猩，抬着某些它们刚抢来的战利品跌跌撞撞地上山。你们这伙人可以说是直接从中世纪里走出来的，连妆都没有化一下。我以为像样的生活老早取代了挣扎的求生。"

"我必须承认，我觉得整个仪式很感人，但那种经历，有过一次就够了，"约翰慎重地说，"我想起住在沼泽区的彼得，漫漫长夜，用火柴棍做出那些小动物。有些人花钱购买那类作品。彼得那么做，纯粹是出于某种生活之需。"

菲利或是没听见约翰的话，或是置之不理。

"他们不让你经常外出真是天赐的好事，"方奇说，"在博物馆办展览的人，那可是两码事。彼得只是在该死的沼泽区打发夜晚的时光而已。"

"我永远忘不了那些无聊的夏天，望着彼得把泥炭立成一小垛一小垛，捕捉在莎草上翩翩飞舞的蝴蝶。每次，你一合拢手，它们就跑了，"约翰说，仿佛某些埋在他心里许久的东西被抽了出来，"我认为那时候他就已经在用火柴棍做东西了，只是我们没怎么留意。"

"彼得从来不欢迎我们。只是母亲强把我们带到他那儿，他没法把我们拒之门外。"方奇说，谈话变得越来越漫无边际和不投机。

"不管他想或不想，他都没有把我们拒之门外，"菲利火气十足地声言，"我听母亲一遍又一遍地讲过，要不是有在沼泽区度过的那些长夏，有几年冬天我们绝对挨不过。"

"既然她带我们去那儿，她就非那么讲不可。"

"现在一切都已成过去，统统随着彼得而结束了。让我能够忍着熬过这几天的一点是，我们在做的每一件事都是最后一次做了。"约翰的话讲得如此流利，完全不像平时的他，令两个弟弟目瞪口呆。

"我表示同意。"方奇说。

"远没有结束呢,不过我们还是先最后喝一杯,然后上路吧,"菲利喝光他杯里的酒,起身,约翰再度用手掌盖住他四分之三满的杯子,"照我看,没有事是会结束的。"

"那两个家伙是酒缸,可最近似乎没见他们来豪饮,"当菲利摇晃地端着两杯啤酒走过时,吧台旁的一位酒客对他的同伴说,"那个白皮肤不喝酒的,看起来好像也是兄弟之一。想必是家庭聚会。"

"你会好奇,那个坐轮椅的,把那么多酒装到哪儿去了。"另一人换了个话题。

"我们装在哪儿他就装在哪儿。哎呀,喝酒又不需要腿。酒最多流到你的箫管为止。"

"格洛里亚根本没成为过去,"菲利一边说,一边把两杯啤酒放到桌上,"没有事是会结束的。我将继承彼得的那块地。"

"你不会醉成那样吧。"方奇不屑地说。

"我是有点醉,但在我的有生之年,我从未那么肯定过一件事。"

"律师不是说了,那将归母亲?她除了卖掉还会怎么做?"

"我不确定她会想要卖掉。她在那儿长大。那是她家世代的祖产。"

"我确定。我现在就可以告诉你。"

"好吧,那样的话,就更简单了。我会向母亲买下那块地。"菲利宣布,那斩钉截铁的语气令方奇下意识地望着约翰。

"这件事我不掺和,"约翰说,"每个人做什么是他们自己的事。

我只求让我过自己的生活。"

"我有足够的钱买下那块地。你听见律师说了它值多少。我会照这个价钱给母亲,那些钱,她可以想怎么花就怎么花。"

"这些年听你可以用钱买这个买那个,听得我们都恶心了。"方奇愤怒地说。

"行,我会去一个人们不会恶心的地方,不会有冷嘲热骂的地方。"菲利的话里包含同等的火药味。

"你打算在那儿做什么呢?"约翰问道,意欲平息这火爆的对话。

"他打算种洋葱。"方奇笑得颤抖起来。

"我不可能一辈子待在油田。那将是一个回乡安身的地方。你瞧见了,坟墓上方圆环里的铁十字架已经锈蚀。我会把它换成大理石的。吉姆·库伦会照看彼得的牛,直到六个月后我回去为止,到时一切将尘埃落定。"

"你说不定还能在那儿成家呢。"方奇讥讽地说。

"那不大可能,但更不可思议的事也发生过了,我必然会葬在那儿。总有一天,母亲也会想要葬在那儿的。"

"她将和我们的父亲一同葬在格拉斯内文墓园。"

"我看未必。连落叶也要归根。要我说,她和我们倒霉的父亲生活了一世,已经够她受的,她不会想和他继续在一起。约翰在这儿有家室,倒是你,差不多该考虑一下你死后将去哪里的问题。"菲利直接冲着方奇说。

"假如我死了,我要去一个有人、有点生活气息的地方,而不是沼泽地上某座荒凉的小山,去陪乌鸦、羊或该死的兔子。"

"在这件事上没有'假如',只有'何时'。恕我直言,这暴露出你有多么不成熟。"菲利用带着醉意的严厉口吻说道。

"你可以去那儿的沼泽地里种植成熟,与我无关,但愿那会长成一件圣器。"

"我们还是走吧。"约翰说。

菲利起身,把方奇抱入怀中。尽管脚步不稳,可他还是轻松地将他抱到外面的车旁。方奇差点哭出来。他始终认为自己绝不会失去菲利。这个恼人的大块头会一直往返于家和油田之间。而如今,他将离家去该死的格洛里亚沼泽区。在被放进车里时,他的眼泪转成了怒火。

"是啊,到了那儿,你终于可以充大亨了,"他说,"他们会兴高采烈。他们会收到圣诞礼物。他们会收到满满一大堆圣诞礼物。"

"好啦,"约翰安抚道,"母亲在等着呢。她想要听一听事情的全过程。而我,还有另一个家要回去呢。"

"我一直暗暗算着时间,"母亲说,"我知道彼得的弥撒在十一点开始,我把那口大闹钟放在桌上。十二点二十分,我能看见棺材穿过基里兰山脚那道低矮的栅门。"

"他们像一群猩猩似的抬着棺材上山。我从车里全都看见了。好几次,他们不得不举起手,那口棺材仿佛要滑落肩膀,滚到山下。"

"以前是掉下来过一次。老约翰尼·惠兰的棺材滚到半山腰,裂了开来。他们只得拿用来将棺材吊放到坟墓里的绳子把那些木板扎起来。有人说,惠兰家的人喝醉了,其他人说他们饿得没力气,抬不动棺材。惠兰那家人从不讨人喜欢。如今他们全都在美国。"

"总之,我们把可怜的彼得葬了。"菲利说,仿佛那终于成了一个事实。

99读书人

SHORT CLASSICS
短经典精选

短经典精选系列

走在蓝色的田野上
〔爱尔兰〕克莱尔·吉根 著 马爱农 译

爱，始于冬季
〔英〕西蒙·范·布伊 著 刘文韵 译

爱情半夜餐
〔法〕米歇尔·图尼埃 著 姚梦颖 译

隐秘的幸福
〔巴西〕克拉丽丝·李斯佩克朵 著 闵雪飞 译

雨后
〔爱尔兰〕威廉·特雷弗 著 管舒宁 译

闯入者
〔日〕安部公房 著 伏怡琳 译

星期天
〔法〕伊莱娜·内米洛夫斯基 著 黄荭 译

二十一个故事
〔英〕格雷厄姆·格林 著 李晨 张颖 译

我们飞
〔瑞士〕彼得·施塔姆 著 苏晓琴 译

时光匆匆老去
〔意〕安东尼奥·塔布齐 著 沈萼梅 译

不中用的狗
〔德〕海因里希·伯尔 著 刁承俊 译

俄罗斯套娃
〔阿根廷〕比奥伊·卡萨雷斯 著 魏然 译

避暑
〔智利〕何塞·多诺索 著 赵德明 译

四先生
〔葡〕贡萨洛·曼努埃尔·塔瓦雷斯 著 金文彰 译

房间里的阿尔及尔女人
〔阿尔及利亚〕阿西娅·吉巴尔 著 黄旭颖 译

拳头
〔意〕彼得罗·格罗西 著 陈英 译

烧船
〔日〕宫本辉 著 信誉 译

吃鸟的女孩
〔阿根廷〕萨曼塔·施维伯林 著 姚云青 译

幻之光
〔日〕宫本辉 著 林青华 译

家庭纽带
〔巴西〕克拉丽丝·李斯佩克朵 著 闵雪飞 译

绕颈之物
〔尼日利亚〕奇玛曼达·恩戈兹·阿迪契 著 文敏 译

迷宫
〔俄罗斯〕柳德米拉·彼得鲁舍夫斯卡娅 著 路雪莹 译

奇山飘香
〔美〕罗伯特·奥伦·巴特勒 著 胡向华 译

大象
〔波兰〕斯瓦沃米尔·姆罗热克 著 茅银辉 易丽君 译

诗人继续沉默
〔以色列〕亚伯拉罕·耶霍舒亚 著 张洪凌 汪晓涛 译

狂野之夜：关于爱伦·坡、狄金森、马克·吐温、詹姆斯和海明威最后时日的故事（修订本）
〔美〕乔伊斯·卡罗尔·欧茨 著 樊维娜 译

父亲的眼泪
〔美〕约翰·厄普代克 著 陈新宇 译

回忆，扑克牌
〔日〕向田邦子 著 姚东敏 译

摸彩
〔美〕雪莉·杰克逊 著 孙仲旭 译

山区光棍
〔爱尔兰〕威廉·特雷弗 著 马爱农 译

格来利斯的遗产
〔爱尔兰〕威廉·特雷弗 著 杨凌峰 译

终场故事集
〔爱尔兰〕威廉·特雷弗 著 杨凌峰 译

令人反感的幸福
〔阿根廷〕吉列尔莫·马丁内斯 著 施杰 译

炽焰燃烧
〔美〕罗恩·拉什 著 姚人杰 译

美好的事物无法久存
〔美〕罗恩·拉什 著 周嘉宁 译

魔桶
〔美〕伯纳德·马拉默德 著 吕俊 译

当我们不再理解世界
〔智利〕本哈明·拉巴图特 著 施杰 译

海米的公牛
〔美〕拉尔夫·艾里森 著 张军 译

对不起,我在找陌生人
〔英〕缪丽尔·斯帕克 著 李静 译

爱因斯坦的怪兽
〔英〕马丁·艾米斯 著 肖一之 译

基顿小姐和其他野兽
〔安道尔〕特蕾莎·科隆 著 陈超慧 译

在陌生的花园里
〔瑞士〕彼得·施塔姆 著 陈巍 译

初恋总是诀恋
〔摩洛哥〕塔哈尔·本·杰伦 著 马宁 译

美好事物的忧伤
〔英〕西蒙·范·布伊 著 郭浩辰 译

一切破碎,一切成灰
〔美〕威尔斯·陶尔 著 陶立夏 译

纵情生活
〔法〕西尔万·泰松 著 范晓菁 译

命若飘蓬
〔法〕西尔万·泰松 著 周佩琼 译

爱，趁我尚未遗忘
〔海地〕莱昂内尔·特鲁约 著 安宁 译

水最深的地方
〔爱尔兰〕克莱尔·吉根 著 路旦俊 译

石泉城
〔美〕理查德·福特 著 汤伟 译

哥哥回来了
〔韩〕金英夏 著 薛舟 译

他们自在别处
〔日〕小川洋子 著 伏怡琳 译

恋爱者的秘密生活
〔英〕西蒙·范·布伊 著 李露 卫炜 译

在奥德河的这一边
〔德〕尤迪特·海尔曼 著 任国强 戴英杰 译

当我们谈论安妮·弗兰克时我们谈论什么
〔美〕内森·英格兰德 著 李天奇 译

死水恶波
〔美〕蒂姆·高特罗 著 程应铸 译

一个自杀者的传说
〔美〕大卫·范恩 著 索马里 译

我的爱情，我的伞
〔爱尔兰〕约翰·麦加恩 著 〔爱尔兰〕科尔姆·托宾 编 张芸 译

蝴蝶的舌头
〔西班牙〕马努埃尔·里瓦斯 著 李静 译

未始之初
〔西班牙〕梅尔塞·罗多雷达 著 元柳 译

子弹头列车
〔加拿大〕邓敏灵 著 梅江海 译